Verlag Bibliothek der Provinz

Ernst Reinhard Schöggl
VON MORD ZU MORD
durchs schaurige Mühlviertel

herausgegeben von Richard Pils
lektoriert von Barbara Fink
Umschlaggestaltung: Gottfried Eilmsteiner

ISBN 978-3-900000-75-2

A-3970 WEITRA 02856/3794
www.bibliothekderprovinz.at

Ernst Reinhard Schöggl

VON MORD ZU MORD

durchs schaurige Mühlviertel

CECIDIT ARBOR CAESA CADENSQUE CECIDIT CADENTEM

Es fiel der gefällte Baum und fällte im Fallen den Fäller
Lateinischer Spruch

Mordsroute: Perg – Windhaag – Rechberg – St. Thomas am Blasenstein – Klam – Saxen – Dornach– Grein – St. Nikola – Waldhausen

Da behaupte noch jemand, es tue sich nichts im Nordosten Oberösterreichs, im Strudengau, es herrsche tote Hose in dieser ach so friedlichen, erholsamen Gegend. Tote Hose ja, aber in ganz anderem Sinne: Ununterbrochen läutet das Sterbeglöcklein, und Tote wie Lebende verschwinden, bleiben wie vom Erdboden verschluckt.
Auf der Suche nach Täter und Motiv wandern unzählige Neugierige entlang touristischer Pfade gleichsam von Mord zu Mord.
Es gibt eine Menge zu enthüllen von Perg bis Waldhausen, wenn die Frühlingssonne die Schneedecke löchrig werden lässt und die Schmelzwässer so manches bis dahin verborgene Geheimnis an die Oberfläche spülen.
Nur Mut! Kommen und entdecken Sie! Man kann Ihre Hilfe gut gebrauchen im geheimnisumwitterten Mühlviertel.

Der Autor

INHALT

PERG

Wir beginnen unsere Route in Perg, der Schokoladenstadt im Unteren Mühlviertel, von Linz mit dem Auto in weniger als dreißig Minuten leicht erreichbar. Perg war schon in der Nachkriegszeit des vorigen Jahrhunderts ein bei den Linzern beliebter Ort für süße Stunden, schon allein wegen der zahlreichen einsamen und lauschigen Plätzchen, sei es in den Augebieten des Machlandes, im romantischen Tal der Naarn oder im waldreichen Hügelland nördlich der Stadt.

Aber auch die Perger selbst waren nie ein Volk von Traurigkeit, ob im Kreuz-und-Quer-Verein, wie die Perger das hinter vorgehaltener Hand nannten, oder beim ganz normalen Seitensprung. Die Perger galten eben nicht nur am Tag als fleißig und einfallsreich. Und wenn die erste Geschichte auch erfunden ist und man in den Schokobrunnen nicht hineinspringen kann: Perg ist und bleibt eine süße Stadt, werden doch hier die in der ganzen Welt berühmten Mannerschnitten hergestellt.

Übrigens: Es gibt tatsächlich einen Verein „Pro Schokobrunnen" und vielleicht auch bald ein öffentlich zugängliches kakaosüßes Bassin …

Tod im Schokobrunnen

Perg ist eine Kleinstadt und besitzt trotzdem gleich mehrere Wahrzeichen. Wenn Paris den Eiffelturm hat, so hat Perg das Einhorn mit der Lesebrille, ein uraltes Symbol der Macht und der Fleischeslust. Wobei in Perg eher Letzteres zutrifft. Die Brille soll übrigens darauf hinweisen, dass die Perger lesen können. Neben dem Einhorn gibt es noch die Kalvarienbergkapelle hoch über der Stadt gleich neben dem Friedhof – man denkt eben auch an seine Toten –, weitere Wahrzeichen sind der mittelalterliche Pranger, der längst ausgedient hat, weil der Pranger der heutigen Zeit die Medien sind. Außerdem gibt es da noch das berühmte Seifensiederhaus am Hauptplatz aus dem 16. Jahrhundert und die Pfarrkirche aus dem 15. Jahrhundert.

Das bei den Pergern beliebteste Wahrzeichen aber ist der schöne Steinbrunnen gleich gegenüber der Kirche, der umrahmt wird von alten Bäumen. Der Brunnen heißt im Volksmund Chorbrunnen oder Karbrunnen oder Korbbrunnen, und kein Mensch weiß, wie er sich nun wirklich schreibt. Daran haben auch die vier höheren Schulen nichts geändert, die mittlerweile das geistige Niveau von Perg zu heben versuchen. Beim Brunnen kann man gemütlich sitzen, stehen und sich auf Türkisch und Albanisch, aber auch auf Deutsch unterhalten. Einmal im Jahr wird der Brunnen gesäubert und das grüne Wasser wird durch farbloses frisches ersetzt, weil der Brunnen leider allzu oft als Abfallkübel missbraucht wird oder Betrunkene ihm ihren Mageninhalt anvertrauen. Die grüne Farbe stammt allerdings weniger von der menschlichen Galle als von Grünalgen.

Ungeachtet der Verunreinigungen hat es dieser idyllische Platz den Pergern angetan, ganz besonders den beiden Damen einer Regionalzeitung, die gleich gegenüber ihren Arbeitsplatz haben. Und weil in Perg die Produktionsstätte einer weltberühmten Schokoladen- und Waffelfirma beheimatet ist, gründeten die beiden das Forum Schokobrunnen mit dem Wunsch, den Brunnen statt mit Wasser mit flüssiger Schokolade zu füllen und darin zu baden. Süßer geht's nicht! Selbst der Herr Bürgermeister trat dem Forum bei, er hielt das Ganze für einen gelungenen Aprilscherz. Doch die beiden Damen meinten es durchaus ernst. Sie brachten die Bauern der Region, die ihre Kunststoff-Milchkühe nicht mehr entlang den Autobahnen und Schnellstraßen aufstellen durften, dazu, nun auf ganz andere Art und Weise für einen fairen Milchpreis zu demonstrieren: Sie sollten ihre Milch in den Perger Brunnen schütten. Die ortsansässige Süßwarenfabrik spendete das Schokopulver, und am ersten April brachte die Regionalzeitung exklusiv ein Foto des neu befüllten Brunnens mit einer ihrer Redakteurinnen nackt darin, von Schokolade überzogen, zum Anbeißen süß und verführerisch.

So wie der Bürgermeister das Forum Schokobrunnen für einen Aprilscherz gehalten hatte, vermuteten die meisten Perger hinter dem Bild in der Zeitung nun einen solchen, doch es sprach sich bald herum, dass es keine Fotomontage war, sondern die Realität. Die Bezirkshauptmannschaft ordnete sofort strenge Lebensmittelkontrollen an, aber es war alles in Ordnung, beste Qualität! Das Problem bestand lediglich darin, Katzen, Hunde, Vögel und anderes Getier vom Brunnen fernzuhalten und die Handgreiflichkeiten unter den Schokoladesüchtigen, die um einen Brunnenschleckplatz kämpften, in den Griff zu bekommen. Das Hineinspringen und Baden wurde jedoch aus hygienischen Gründen verboten. Trotzdem gab es immer wieder Unersättliche, die dem Beispiel der Redakteurin folgten und verbotenerweise in die Schokolade sprangen oder wenigstens Hände und Füße darin badeten. Das verdarb letztendlich den meisten Schleckermäulern denn doch den Appetit und zwang das Stadtoberhaupt zum Handeln. Der Schokobrunnen sollte nur mehr für besondere Anlässe zugelassen werden, zum Weinfest im August und zum Pergfest im September, und das bei strenger Bewachung, versteht sich. Die übrige Zeit sollte so wie früher gewöhnliches Wasser den Brunnen beleben.

Diese Regelung stieß jedoch hier und da auf Widerstand. Pergs Neowinzer forderte, den Brunnen zum Weinfest statt mit Schokolade mit seinem Weinzierler zu befüllen. Und die Brau AG stellte nach dem Prinzip „gleiches Recht für alle" den Antrag auf einen Bierbrunnen anlässlich des Oktoberfestes. Als dann auch noch die Milchbauern mit neuen Molkekreationen bei der Gemeinde vorstellig wurden und ein Gastronom eine Befüllung mit grünem Tee vorschlug, war es endgültig geschehen um die Eintracht in der Gemeindestube. Ein für die Wirtschaft zuständiger Gemeinderat witterte in dem Wirrwarr seine Chance und schlug als Lösung vor, den Brunnen monatsweise zu vermieten, an Brauereien, Mineralwasserfirmen, Bauern und Gastronomen, an wen auch immer. Das würde der Gemeinde endlich jenes Geld in die Kassen spülen, das die teure Kanalsanierung von dort fortspülte. Aber der Bürgermeister entschied: „Für heuer belassen wir es einmal beim Schokobrunnen und dann schauen wir weiter! Bringen wir lieber die Perger Schokofirma dazu, ihre Sponsorgelder zu uns umzuleiten und ihre Waffelpackungen nicht mit dem Wiener Stephansdom zu bedrucken, sondern mit der Perger Pfarrkirche!" Dieses Machtwort überzeugte denn doch die Mehrheit und es blieb fürs Erste bei der Schokolade. Der Winzer und all die anderen Bewerber wurden vertröstet. Es gab natürlich auch einige, die generell jedwede andere Befüllung des Brunnens als jene mit Wasser rigoros ablehnten, schon allein aus ethischen Gründen: Es gehöre sich einfach nicht, mit Lebensmitteln so verschwenderisch umzugehen. Andere wiederum nahmen das Ganze nicht ernst, sie sahen darin eine skurrile Kampagne, die Perg mehr mediale Aufmerksamkeit bringen sollte, weil sich ansonsten herzlich wenig tat in der Stadt mit Herz – so das Logo – , was Aufsehen erregt hätte.

Aber das sollte sich rasch ändern, als zum Weinfest der Brunnen tatsächlich erneut mit Trinkschokolade befüllt worden war und zwei Tage später bei der Leerung und Reinigung ein lebensgroßer, aber lebloser Schokoladenmensch darin entdeckt wurde. Unter der Wasserspritze der Freiwilligen Feuerwehr kamen zunächst die Bartstoppeln im Gesicht zum Vorschein, bis mehr und mehr eine durchaus bekannte Gestalt sichtbar wurde. Es war der Trainer eines örtlichen Fußballvereins, einst nationale Stürmerlegende. „Welch süßer Tod!" , rief ein Passant verzückt aus, „wie beneidenswert!"

Die Nachricht verbreitete sich wie ein Lauffeuer durch das Land. Der Tod war durch Ersticken eingetreten, Fremdverschulden konnte nicht nachgewiesen werden. War es ein Unfall oder Selbstmord? Oder war es gar Mord? „Ich tippe auf Selbstmord", sagte der Postenkommandant, „schließlich war er mit seiner Truppe am letzten Platz der Landesliga und wurde ständig kritisiert. Was die in letzter Zeit so zusammengespielt haben, das kann einen Trainer schon zur Verzweiflung bringen." „Da wüsste ich dann aber noch viele andere, die sich auch umbringen müssten", sagte der Kollege, der selber schon Spielertrainer gewesen war.

Der Tote hieß Helmut Kugel, war unverheiratet, von Beruf Angestellter und nebenberuflich Fußballtrainer. In seiner Firma galt er als verlässlich und erfolgreich, was man von seiner Trainertätigkeit nicht immer behaupten konnte. Früher eine gefährliche Sturmspitze, hatte er nach einer schweren Verletzung seine aktive Karriere beendet und die Trainerprüfung absolviert. Seine fußballerischen Konzepte waren schon immer äußerst umstritten und angeblich stand er beim Perger Landesligaverein bereits kurz vor der Ablöse. Helmut Kugel galt als Einzelgänger, verheiratet war er mit dem Fußball. Beziehungen zu Frauen endeten meist ebenso schnell, wie sie begonnen hatten.

Aufgrund der außergewöhnlichen Todesart erhielt dieser Fall zunächst große allgemeine Aufmerksamkeit, denn dass jemand in einem Schokobrunnen ertrinkt oder genauer gesagt erstickt, war etwas völlig Neues. Nach einer gewissen Zeit verlor sich das mediale Interesse aber allmählich wieder, so wie alles irgendwann dem Sog der Zeit anheimfällt. Zum Pergfest im September wurde der Brunnen denn auch neuerlich mit Trinkschokolade befüllt, was allerdings bei zahlreichen Bürgern als Pietätlosigkeit auf erbitterte Ablehnung stieß. Doch gab es einen gültigen Vertrag zwischen Schokofirma und Gemeinde und damit keine andere Wahl. Anders als beim Weinfest, wo die Brunnenwächter ihre Sorge weit mehr dem Wein denn der Schokolade zugewandt hatten, wurde diesmal die Bewachung wirklich ernst genommen. Und so ging das Fest hinsichtlich des Brunnens denn auch ohne unliebsame Ereignisse vonstatten. Nach dem Trubel wurde der Brunnen gesäubert und wieder Wasser eingelassen.

Drei Tage später gaben Passanten Alarm, da das Wasser neuerlich braun gefärbt war. Während man aufgeregt beriet, welchen Grund es für diese Färbung geben könnte, entdeckte eine ältere Dame voll Entsetzen einen menschlichen Arm in der braunen Brühe. Die herbeigeeilten Polizisten konnten jedoch bald Entwarnung geben, die Farbe stammte von billigem Kakaopulver und der Arm gehörte zu einer nackten Schaufensterpuppe. Offensichtlich ein Dummer-Jungen-Streich! Wieder wurde der Brunnen gereinigt und mit Wasser befüllt. Man installierte als etwas überstürzte Reaktion sogar eine versteckte Kamera, die jedoch im Endeffekt nicht eingeschaltet wurde, weil umstritten war, ob dies auch gesetzeskonform wäre. Das Forum Schokobrunnen hatte sich für die Kamera stark gemacht, da nur so eine künftige Wiederinbetriebnahme des Schokobrunnens möglich schien. Die Juristen behielten aber die Oberhand und verhinderten eine digitale Observierung des Platzes.

Bald machte es die Runde, dass die Kamera nur eine Attrappe war, und so ging der Sport der Spaßvögel munter weiter. Die schwarze – oder war es die rote? – Parteijugend veranstaltete eine Ralley mit Plastikenten, worauf der Modellbau-Klub einen Wettkampf für ferngesteuerte Boote ankündigte. Am liebsten hätte der Bürgermeister den Brunnen für immer trockengelegt, und er war sehr froh, als die kühler werdende Witterung zumindest eine saisonale Entleerung erforderte. Das Forum Schokobrunnen wollte sich mit der langen Winterpause allerdings nicht abfinden und so heckte man bereits für den Faschingsbeginn am 11.11. um 11 Uhr 11 einen besonderen Gag aus. Rasch wurde der Brunnen mit besonders heißer Trinkschokolade befüllt, und während die Bezirkshauptmannschaft noch damit beschäftigt war, eine Sperre rund um den Quell des begehrten braunen Lebenselexiers aufzustellen, landeten zwei Fallschirmspringer im Tandemsprung mitten im Brunnen. Angesichts der Tatzeit konnte nicht einmal jemand ernsthaft bestraft werden, wenn auch die ein oder andere Stimme bezüglich Sachbeschädigung laut wurde.

Die Reinigung am nächsten Tag gestaltete sich auch äußerst schwierig, weil die Schokolade über Nacht gefroren war und regelrecht aus dem Brunnen geschnitten werden musste. Das Eiskonfekt fand jedoch wiederum reißenden Absatz, bis die Verteilungsaktion jäh gestoppt werden musste, weil die Motorsäge plötzlich zu stottern begann. Kein Wunder, dass es ihr die Sprache verschlagen hatte, kam doch abermals eine Leiche im Brunnen zum süßen Vorschein, diesmal tiefgekühlt. Der Notarzt eilte herbei, aber nicht zur Leiche, wo er nicht mehr gebraucht wurde, sondern zum Bürgermeister, dem nur mehr eine Beruhigungsspritze helfen konnte. Die Stadt war in heller Aufruhr. Der Teufel hatte sich im Brunnen eingenistet und das in unmittelbarer Nähe zur Pfarrkirche.

Erst als die Leiche aufgetaut war und gesäubert, konnte man feststellen, wer diesmal dem Schokoladenbad zum Opfer gefallen war. Es war eine der beiden Zeitungsredakteurinnen vom Forum Schokobrunnen, nicht jene Dame, die sich am ersten April schokoladeüberzogen hatte ablichten lassen, sondern die andere. Fraglich war nun, ob sie freiwillig oder unfreiwillig in das süße Bad gestiegen war. Da sie auch nach dem Auftauen steif und unbeweglich blieb, konnte sie selbst darüber natürlich keine Auskunft mehr geben. Wie sie in den Brunnen gelangt war, wurde jedoch bald klar, als ein ungewöhnlicher Gurt um ihren Körper als der eines Fallschirmspringers identifiziert werden konnte. Sie war also einer der beiden Tandemspringer gewesen! Beschämt mussten nun alle zu Faschingsbeginn mit der Sicherung des Brunnens befassten Wachebeamten eingestehen, dass sie sich nach der Landung der Fallschirmspringer zwar intensiv der Errichtung der Sperre und der Besänftigung der gierigen, vom Schokoparadies ausgesperrten Passanten gewidmet hatten, darüber aber die vom Himmel Gefallenen vergessen hatten. Immerhin war glücklicherweise bekannt, wer der andere Fallschirmspringer gewesen war und dass sich dieser nach wie vor bester Gesundheit erfreute.

Wie also war die Journalistin zu Tode gekommen? Und vor allem: wann? War sie im Brunnen erstickt oder war sie schon während des Sprunges gestorben? Oder hatte ihr Partner gar eine Leiche transportiert und sie auf geniale Weise im Brunnen entsorgt? Jetzt waren kriminalistischer Spürsinn gefragt und ein erfahrener Pathologe. Der Gerichtsmediziner konnte mit Sicherheit feststellen, dass die Tote nicht im Brunnen erstickt war, er hielt es für sehr wahrscheinlich, dass der Tod vor der Landung eingetreten war. Kreislaufversagen hielt er für unwahrscheinlich. Er fand Verletzungen im Hals- und Nackenbereich und am Kopf, die dem Opfer vielleicht schon vor dem Flug zugefügt worden waren, aber genauso gut vom Fallschirm oder von der Motorsäge stammen konnten.

Tandempartner Rene gab sich ahnungslos. Er habe sich ausschließlich um die Bergung des Fallschirmes gekümmert, immerhin sei dieser ein sehr wertvolles Stück. Seine Partnerin habe er der Schokolade überlassen, die sie so sehr geliebt habe. Von unterlassener Hilfeleistung könne keine Rede sein. Rene war Helmut Kugels jüngerer Bruder, und er hielt es im Grunde für nur gerecht, dass die Journalistin so wie sein Bruder im Brunnen geendet hatte. Er sei nämlich überzeugt, wie er freimütig verkündete, dass sie für Helmuts Brunnentod verantwortlich war. „Und warum soll sie das getan haben?“, fragte ihn der ermittelnde Beamte. „Weil sie mit mir ein Verhältnis hatte“, sagte Rene, „deshalb wollte sie ihn loswerden, obwohl sie ihn erst kurze Zeit kannte. Ich war der Jüngere und der Bessere.“ „Und jetzt haben Sie Ihren Bruder gerächt?“ „Warum sollte ich? Er stand mir ja selbst im Weg! Außerdem habe ich ein Alibi, Herr Inspektor.“ „Und welchen Beweis haben Sie für die Behauptung, sie sei am Tod ihres Bruders schuld?“ „Keinen“, bekannte Rene, „aber ich weiß es.“ „Na ja, sie hat ja dafür gebüßt“, sagte der Inspektor, „vielleicht auch durch Ihre Mithilfe." Aber das konnte umgekehrt er nicht beweisen.

„Es ist aber auch Zeit geworden, dass du dich für deinen Bruder revanchiert hast an ihr", sagte die Redakteurin, die jetzt alleinige Chefin war, „du wirst sehen, ich bin genauso gut im Bett wie sie." „Besser", entgegnete Rene, „aber früher ging es nicht, schließlich musste ich auf die Schokofüllung warten. Hoffentlich bin bei der nächsten Füllung dann nicht ich selber das Opfer!" „Eine nächste Füllung wird es nicht geben, der Bürgermeister ist schon mit aus dem Forum Schokobrunnen ausgetreten. Zwei Schokoladenleichen sind genug." „Dabei wäre ich viel leichter als mein Bruder war", feixte Rene, „sag, wie hast du den Koloss bloß in den Brunnen geschafft?" „Das war gar nicht so schwer", lachte die Redakteurin, „zuerst hat er zu tief ins Glas geschaut und dann zu tief in den Brunnen. Zuerst Weinzierler und dann Perger Schokolade, eine herrliche Kombination!" „Eine tödliche Kombination!" „Ein kleiner Schubs genügte", fuhr sie fort, „und schon warst du Alleinerbe." „Danke!", sagte Rene, „quid pro quo, ich erbe und du profitierst beruflich." „Und beide hatten einen süßen Tod." „Und wir führen ein süßes Leben", grinste Rene. „Wir müssen aber vorsichtig sein, die Polizei hat dich schließlich in Verdacht." „Ich weiß", sagte er, „aber sie können mir nichts beweisen und dich haben sie gar nicht auf dem Zettel. Sie sind ja nicht gerade die hellsten Lichter." „Das könnte sich aber schnell ändern", mahnte die Redakteurin, „wenn sie uns zusammen sehen, könnte ihnen ein Licht aufgehen."

„Du hast recht", sagte er und gab ihr den Laufpass.

PERG – WINDHAAG (KUCHLMÜHLE)

Von der Bezirkshauptstadt Perg geht es zu Fuß oder mit dem Auto weiter, hinein ins romantische Tal der Naarn. Vorbei an mächtigen Granitblöcken gelangt der Wanderer nach gut einem Kilometer zur Kuchlmühle, dem nächsten Schauplatz der Mordsreise.

Auch diese Geschichte ist frei erfunden, obwohl in dieser Gaststätte tatsächlich Vorbereitungskurse für die Jagdprüfung abgehalten werden.

Jägerlatein in der Kuchlmühle

Wenn die irdische Gerechtigkeit versagt, weil die Polizei scheitert, schlampt oder gar wegschaut, oder weil das Ministerium über ein fragwürdiges Weisungsrecht Verfahren einstellen lässt, dann trösten wir uns damit, dass es noch eine überirdische Gerechtigkeit gibt. Manche allerdings helfen der Gerechtigkeit auf eigene Faust auf die blutigen Sprünge, wie in diesem Fall.

In der Kuchlmühle geht es oft hoch her. Der Traditionsgasthof ein wenig außerhalb der Bezirksstadt liegt abgeschieden im Naarntal direkt am Fluss, im Gemeindegebiet von Windhaag bei Perg. Das bei Einheimischen und Gästen beliebte Ziel für Wochenendausflüge ist auch während der Woche gut besucht, wenn Kurse für die Jagdprüfung dort abgehalten werden.

Als der offizielle Teil der Veranstaltung beendet war, blieb die illustre Jagdgesellschaft scheinbar auf den Wirtshausbänken kleben. Nur ab und an trieb der Wein die Gäste zum Toilettengang auf. Das Fachchinesisch wurde von Jägerlatein abgelöst, und in den frühen Morgenstunden verkam dieses dann allmählich zu einem unverständlichen Kauderwelsch, bis sich die Gesellschaft im herbstlichen Frühnebel aufzulösen begann. Die Jagdprüfung war streng und selbst Akademiker gerieten oft ganz schön ins Schwitzen bei der Fülle des Lehrstoffs und der jagdlichen Vorschriften. Der Umgang mit Waffen und Hunden erfordert eben besondere Sorgfalt, Verantwortungsgefühl und Wissen.

„Trara, es tönt wie Jagdgesang", dröhnte es um 2 Uhr früh aus der Kuchlmühle. Es würde deswegen keine Beschwerden geben, zu entlegen war das gastliche Haus. Der Wirt saß schläfrig in einer Ecke und wollte nichts mehr einschenken. So schenkten sich die Gäste selber ein und behalfen sich mit einer Strichliste. Es wurde ohnehin nur mehr Wein getrunken. Auch einige ältere Jagdkollegen hatten sich zur späteren Stunde unter die Teilnehmer des Kurses gemischt und ihre Geschichten aufgetischt, bestand doch die Hoffnung, dass diese den frisch Auszubildenden noch unbekannt waren. Es wurde über Jagdtrophäen und Abschusspreise diskutiert, und über die fiese Methode der heimlichen Geweihtrocknung, die das Gewicht eines kapitalen Hirsches und damit den Preis erheblich reduzieren könne. Ein Waidmann berichtete sogar von einer Trocknung in der Mikrowelle, blieb aber die Antwort schuldig, wie ein Hirschgeweih dort hineinpassen könne. Der Skeptiker hatte die Lacher auf seiner Seite, als er meinte, es müsse sich da wohl um eine Makrowelle gehandelt haben. Besonders die älteren Semester beklagten, dass in der Jägerschaft in letzter Zeit Sitten Einzug gehalten hätten, die untragbar seien. In Bluejeans auf die Jagd zu gehen, das traditionelle Grün einfach zu ignorieren, das allein sei schon ein Zeichen zunehmend verfallender Jagdkultur. Ein Waidmann müsse den althergebrachten Traditionen entsprechen, das beginne beim Äußeren und ende bei der Philosophie. Der Trend, dass jeder Dahergelaufene sich jagdlich betätigen könne, gehöre gestoppt. Ein wenig elitär müsse die Jagd schon sein, sonst könne ja gleich jeder in der freien Natur herumballern. Was früher ausschließlich Sache des Hoch- und des Geldadels war, stehe heute ohnehin schon Hinz und Kunz offen. Umso genauer müsse man sich die Leute anschauen, die zur illustren Gesellschaft dazustoßen wollen. So wurde diskutiert und lamentiert, bis auch die letzten beiden Waidmänner ihre alkoholschwachen Beine durchstreckten und wankend in die Senkrechte brachten, um dann in sämtlichen Rock- und Hosentaschen nach dem Autoschlüssel zu kramen. Der Kuckuck plärrte fünfmal aus seinem hölzernen Gehäuse, konnte den am Tisch eingenickten Wirt aber auch nicht wecken, weshalb die beiden Namen und Datum unter ihre Strichliste kritzelten, um die Zahlung auf das nächste Mal zu verschieben.

Der Joglbauer war noch im Pissoir verschwunden, als der Herr Polizeiinspektor seinen Wagen startete, den er im Hinterhof geparkt hatte, und losfuhr. Es dauerte allerdings nicht lange, bis der junge Bauer im Scheinwerferkegel seines Wagens das Auto des sehr bedächtig chauffierenden Polizisten erblickte. Verwundert stellte er fest, dass an dem Wagen noch etwas dranhing. Als er nähergekommen war, erkannte er entsetzt, dass der Polizist einen Menschen im Schlepptau hatte. Erst beim dritten Überholversuch konnte der Jungbauer den Polizisten unter ständigen Blinksignalen zum Anhalten bewegen. Dieser riss seine Augen ebenso weit auf, als er nun sein Anhängsel sah. „Oh Gott, der Schlagerl!“, stieß der Jungbauer hervor. Karl Schlagerstorfer, der Jagdkursleiter, war übel zugerichtet und gab kein Lebenszeichen mehr von sich. Er hatte ein Abschleppseil um den Hals, das an der Anhängerkupplung des Autos festgebunden war. Er war tot, da war nichts mehr zu machen. Der Polizist versicherte dem Jungbauern, er habe keine Ahnung, was hier vor sich gegangen sei. Beide zitterten, wussten um den Grad ihrer Alkoholisierung und dass der Verdacht logischerweise auf sie fallen würde. Ohne viel zu reden lösten sie das Plastikseil von Körper und Auto, legten den Toten an den Straßenrand und verabschiedeten sich voneinander mit der Versicherung, zu schweigen. Von jetzt an verband sie ein Geheimnis, an dem sie schwer zu tragen hatten, das sie in ihren Träumen verfolgte und nicht mehr losließ.

Als die Leiche bei Tagesanbruch entdeckt wurde und man die Schleifspuren feststellte, war klar, dass es sich um keinen Unfall mit Fahrerflucht handelte. Die gerichtsmedizinische Untersuchung bestätigte auch die Herkunft der Strangulierungsmerkmale am Hals als von einem Seil. Das Opfer war stark alkoholisiert und der Tod war zwischen drei und sechs Uhr früh eingetreten. Intensive Ermittlungen begannen. Dass die Mühle der Ausgangspunkt dieser Gräueltat gewesen sein dürfte, war naheliegend. Diese Annahme wurde durch den Fund von Schleifspuren und Kleiderfetzen erhärtet. Ob der Mörder einer der Gäste oder der große Unbekannte von außerhalb war, blieb hingegen völlig offen. Auch seine Vorgangsweise war vorerst noch ein Rätsel. Man musste also beim Opfer ansetzen, vielleicht würde man so ein mögliches Motiv ausfindig machen und über das Motiv zum Täter kommen.

Auch Becker war an den Ermittlungen beteiligt. Freilich hatte er Angst, die Wahrheit könne herauskommen. Das konnte ihn den Job kosten. Die Anhängervorrichtung seines Wagens hatte er sicherheitshalber gleich, nachdem er seinen Rausch ausgeschlafen hatte, entfernt. Wenn sich nur der Bauernschädel nicht verplapperte! Wann der Schlagerstorfer verschwunden war, daran konnte sich bei der Einvernahme keiner der angehenden und altgedienten Jäger so recht erinnern. Seine Frau hatte ihn zur Mühle gebracht, das machten die beiden immer so, wenn sie den Wagen brauchte. Schlagerstorfer fuhr dann mit irgendjemandem zurück in die Stadt, wo er wohnte. Aber diesmal? Vielleicht war er auf die Toilette gegangen und hatte dort seinen Mörder getroffen? Oder im Hinterhof, wo einige ihre Autos geparkt hatten? So wie Becker und der Joglbauer, deren Wagen vor einer Art Rampe gestanden hatten, von der niemand der Gäste wusste, wozu sie gut war. Wahrscheinlich hatte man dort früher Säcke verladen oder Milchkannen. Im Hof stand überhaupt allerhand Gerümpel und ausgedientes landwirtschaftliches Gerät herum.

Die Ermittlungen in Jägerkreisen ergaben keinen Anhaltspunkt. Schlagerstorfer hatte nichts auf dem Kerbholz, keinen illegalen Abschuss, keine Schulden, als Kursleiter war er recht beliebt. Allerdings jagte er nicht nur die Schwarzkittel, er war auch als Schürzenjäger recht bekannt, obwohl verheiratet, glücklich, wie er immer behauptet hatte. Keine Kinder, zumindest keine in aufrechter Ehe, alles andere war längst verjährt. „Das einzige Motiv, das ich mir bei dem Schlagerstorfer vorstellen kann, ist seine Vorliebe für Feigen", sagte Becker zu seinen Kollegen. Als ihn alle verständnislos ansahen, zitierte er den Verstorbenen: „Ficken kommt aus dem Lateinischen, von ficus, die Feige, und Feigen mochte Karl, wie er sagte, gerne." Karl hatte nicht nur das Jägerlatein beherrscht, er war aufs Gymnasium gegangen und hatte die Matura. „Aber was hilft dir alles Latein, wenn du tot bist, ein Klumpen Fleisch, der verwest und zu Staub zerfällt", sinnierte Becker weiter. Nach einer Weile betretenen Schweigens fragte ein Kollege, ob denn der Schlagerstorfer regelmäßig ins Puff gegangen sei. „Das weiß ich nicht", sagte Becker, „aber wir sollten es recherchieren. Als Täter kann aber auch ein betrogener Ehemann in Frage kommen." „Oder eine betrogene Ehefrau", warf ein anderer ein. „Alles ist möglich. Wenn der Penis steht, ist das Hirn im Arsch. Dieser Spruch kommt auch aus dem Lateinischen", ergänzte Becker. Seine Kollegen dachten in diesem Moment alle dasselbe, nämlich dass Becker hier genauso gut von sich selbst sprechen könnte. Vor ihm war keine Polizeischülerin sicher, nicht einmal auf der Sicherheitswache und nicht einmal in Uniform. Diesen Überschuss an Testosteron hatte er also mit Karl Schlagerstorfer gemeinsam.

Jede Nacht tauchten die grausigen Bilder vor den Augen des Joglbauern auf. Der Karl war möglicherweise noch gar nicht tot gewesen, als er ans Auto gebunden wurde. Vielleicht war er nur bewusstlos gewesen, betäubt oder völlig betrunken. Wer konnte so eine bestialische Tat planen? Am liebsten wäre der Bauer zur

Polizei gegangen und hätte alles gestanden. „Dann bist du deinen Schein aber los", sagte Becker, „genauso wie ich den meinen. Und glauben werden sie uns die Geschichte sowieso nicht. Die stecken uns glatt in Untersuchungshaft und dann ist mein Job beim Teufel. Scheiß dich nicht an, Jogl, wenn du deine Goschn hältst, dann kommt auch nichts heraus und wir ersparen uns eine Menge Probleme. Außerdem bin ich ja selber auch die Polizei und es genügt völlig, wenn du es mir sagst. Was ich dann tue, das ist meine Entscheidung, kraft meines Amtes. Und wenn du wieder einmal einen Strafzettel bekommst wegen falschen Parkens oder weil du die Uhr nicht gestellt hast, dann kann ich dir vielleicht auch ein wenig helfen, kraft meines Amtes, verstehst? Aber nur, wennst die Goschn hältst!" Der Jogl nickte und versprach neuerlich, nichts zu sagen. Hätte ihn ein erfahrener Kriminalist in die Mangel genommen, so hätte er wohl bald die Nerven weggeschmissen, doch dieses Programm wurde nicht gespielt. Die Ermittlungen verliefen eher wie Plaudereien, von Intensität keine Spur. Demnach stand im Protokoll nur zu lesen, dass niemand konkrete Aussagen über das Verschwinden des Kursleiters machen könne und dass die beiden letzten Gäste das Lokal um etwa fünf Uhr früh verlassen und nichts Verdächtiges bemerkt hätten, während der Wirt schon am Stammtisch geschlafen habe.

Etwas ergiebiger waren die Recherchen im Privatleben des Verblichenen, die auch das Privatleben der Ehefrau einschlossen. Denn sieh da, nicht nur der Mann, auch seine Angetraute hatte für Abwechslung im Liebesleben gesorgt. Und es war ausgerechnet ein Polizist, mit dem sie immer wieder gesehen worden war, ein Polizist namens Becker. Damit war also sehr wohl ein mögliches Motiv gefunden, und Becker wurde einvernommen. Er tat die Affäre als gelegentliches Abenteuer ab. „Ficken ist nicht strafbar", sagte er und grinste, „sofern es mit Erwachsenen in beidseitigem Einvernehmen geschieht." Damit gaben sich seine Kollegen und die Obrigkeit wieder zufrieden.

„Eigentlich könntest du mich jetzt heiraten“, sagte Nina Schlagerstorfer, eine attraktive Blondine, die um einiges älter war als Becker, aber auch um einiges jünger als ihr verstorbener Karl. Becker wollte davon nichts wissen, obwohl ihn das Geld schon interessierte, das sie von Karl erbte. Das war gar nicht wenig! Doch heiraten würde er dafür nicht, das Geld würde er ihr auch so herauslocken. Das war bei ihrer Versessenheit auf seine Liebeskünste wohl nicht allzu schwer. Becker ließ sich von ihr für seine Wohltaten bezahlen. Und er war nicht billig. Bald würde er noch teurer werden.

Als auch der Joglbauer von diesem Verhältnis erfuhr, sah er sein Geheimnis mit Becker schon fast gelüftet. Becker musste all seine Überredungskunst aufbieten, ihn wieder zu beruhigen und von einem Gang zur Polizei abzubringen. Obwohl die Situation fürs Erste gerettet war, vertraute er dem Bauern nicht mehr und machte den Fehler, dem Jogl für sein Schweigen Geld anzubieten, eine schöne runde Summe. Denn auch der Jogl traute dem Becker schon seit jener Nacht nicht mehr so recht, und dieses Angebot erhärtete seinen Verdacht. Der Jogl war ein guter Kartenspieler, und so legte er sich eine Strategie zurecht, den scheinbar so coolen Becker aufs Kreuz zu legen. „Weißt du“, sagte er zu Becker, „ich habe mich schon oft gefragt, weshalb du die Anhängervorrichtung von deinem Auto gar so schnell entfernt hast. Und dass das Plastikseil, mit dem der Karl festgebunden war, aus deinem PKW stammt, war mir auch sofort klar. Wer hätte es denn aus dem Kofferraum herausnehmen können, wo du doch deinen Wagen immer absperrst, wenn nicht du selber?“ „Blödsinn!“, schrie ihn der Becker an, „so lange hast du zum Brunzen auch nicht gebraucht, als dass ich in der Zeit den Karl hätte anbinden können.“ „Aber vielleicht hast du es schon viel früher getan, der Karl ist ja schon viel früher verschwunden. In der Dunkelheit hätte ihn keiner gesehen, dort unter der Rampe. Vielleicht hast du ja alles schlau geplant, damit ich dir einen Zeugen abgebe im Falle des Falles, wie überrascht du nicht warst, dass du von dem Mann im Schlepptau keine Ahnung gehabt hast, weil du so betrunken warst. Auf Trunkenheit am Steuer steht höchstens eine Geldstrafe, auf Mord aber Gefängnis. Die Geldstrafe könntest du dir leicht leisten bei den Summen, die Nina dir in den Hintern schiebt." „Du bist völlig verrückt geworden!", schrie Becker, „du willst mich ja nur erpressen, du gieriger Bauernarsch." „Ja", sagte der Jogl trocken, „jetzt hast du es endlich begriffen. Entweder zahlen oder sitzen. Du kannst es dir aussuchen." Becker blieb die Luft weg. Diese primitive Landratte hatte ihn in der Hand. Aber auch er war ein guter Kartenspieler, er musste jetzt eine Gegenstrategie entwickeln. „Meinetwegen", sagte er, „wie viel willst du?" „Hunderttausend", antwortete der Jogl und dem Becker blieb erneut die Luft weg. „24 Stunden Bedenkzeit!", fügte der Bauer noch hinzu und ließ den Polizisten stehen.

Becker musste handeln. Am liebsten hätte er den Jogl genauso stranguliert wie den Schlagerstorfer. Aber das war eine unverhoffte Chance gewesen, die das Schicksal einem nicht so oft bot. So um vier Uhr früh war Becker zur Toilette gegangen, wo er Karl traf, der eben hinaus ins Freie wollte, um frische Luft zu tanken. Becker hörte am WC einen lauten Plumps und schaute nach. In seinem Rausch war Karl über die Rampe gestürzt und lag nun reglos am Boden. Becker kam sofort auf die teuflische Idee, das vom Schicksal begonnene Werk zu Ende und den Rivalen zur Strecke zu bringen. Noch war dessen Puls spurbar. Becker nahm das Abschleppseil aus seinem Wagen, knotete eine Schlinge um den Hals des Opfers und befestigte das andere Ende an der Anhängerkupplung. Karls Körper schob er unter die Rampe, so dass man ihn zwischen den Autos im Dunkel nicht sehen konnte. Das Ganze dauerte keine drei Minuten und Becker ging zurück in die Gaststube. Er musste vor dem Jogl losfahren, damit dieser ihn anhalten und er dann den Überraschten spielen konnte. Also verzichtete Becker auf den Gang zur Toilette, fuhr gleich los, allerdings bewusst langsam. Als ihn der Jogl anblinkte, ignorierte er die Signale als Ahnungsloser ein paar Mal, bis er schließlich doch stehen blieb. Dem Becker fiel es leicht, den Unwissenden zu spielen, auch als Polizist sollte er stets viel wissen, sich dieses Wissen aber niemals anmerken lassen.

Sollte er den Bauern nun ebenfalls umbringen? Aber wie? Becker überlegte kurz, ob er Nina einweihen sollte, zu der er gerade auf dem Weg war. Aber Mitwisser waren nie gut. Die Summe, die der Jogl verlangte, war einfach zu hoch. Und er würde sicherlich wieder und wieder Geld verlangen. Gab es wirklich nur den Mord als Lösung? Becker sah sein Kartenspiel in einer Sackgasse angekommen, aus der es nur einen Ausweg gab.

Als Becker bei Nina auftauchte, hatte sich diese schwarz eingekleidet mit Lack, Leder und Peitsche. Becker war es recht. Nach den Aufregungen der letzten Tage konnte er ein wenig Abwechslung gut gebrauchen. Widerstandslos ließ er sich von seiner Herrin fesseln und auspeitschen. Als er den Kopf in der Schlinge trug, war es zu spät. Er sah nur noch, wie der Joglbauer grinsend den Raum betrat, dann wurde es finster, finster für immer. Nina und Jogl packten den Leichnam in Beckers Auto, legten ein Abschleppseil in den Kofferraum und montierten die Anhängervorrichtung. Kurz vor fünf Uhr früh fuhren sie getrennt zur Kuchlmühle, legten eine Schlinge um Beckers Hals und machten das andere Ende des Seils an der Anhängervorrichtung fest. Dann schleifte Jogl den Toten mit Beckers Auto bis zu der Stelle, an der man Karl Schlagerstorfer gefunden hatte. Beckers Auto ließen sie stehen und Jogl stieg zu Nina um.

Die Ermittlungen konzentrierten sich vorerst auf Nina. Aber die hatte ein Alibi. Sie hatte die Nacht mit dem Joglbauern verbracht, mit Lack und Leder und Peitsche. So wurde der Mord an Karl Schlagerstorfer zwar doch noch gesühnt, der Mord an seinem Mörder jedoch blieb unaufgeklärt.

Wenn die irdische Gerechtigkeit versagt, weil sie korrumpiert oder einfach unfähig ist, so muss eben die überirdische einspringen, denn irgendeine Gerechtigkeit muss es ja geben in dieser Republik. Und so traf auch den Joglbauern der lange Arm der Justitia, nicht der Justizministerin wohlgemerkt, sondern der überirdischen Göttin, denn als er mit seiner Nina eben das Ritual vollzog, das seinen Widersacher das Leben gekostet hatte, raubte auch ihm die Schlinge der Lust den nötigen Sauerstoff und er röchelte sich genussvoll hinüber ins Jenseits. Und Nina? Ob sie im Drogenrausch bloß zugesehen oder das Ihre zum Exitus beigetragen hatte, das wusste nicht einmal sie selber so genau. Jedenfalls besuchte sie den nächsten Jagdkurs in der Kuchlmühle, nicht sosehr um dem edlen Waidwerk zu frönen, sondern um einen neuen Lebensabschnittspartner zu finden, mit dem sie in Lack und Leder ihre Spielchen treiben konnte.

WINDHAAG – RECHBERG – ST. THOMAS AM BLASENSTEIN

Es gibt zwei Möglichkeiten, zu den nächsten Tatorten in Rechberg und St. Thomas zu gelangen. Entweder fährt man weiter das Naarntal entlang, überquert nach etwa 10 Kilometern bei der Schartmühle die Naarn und fährt in Serpentinen noch 2 km hinauf nach Rechberg, oder man wählt die Höhenroute über Windhaag bei Perg, die ungefähr gleich lang ist (13 km). In Windhaag bietet sich den Gästen der Enzmilner Kulturwanderweg an, benannt nach dem 1600 geborenen Joachim Enzmilner, der es bis zum Schlossherrn von Windhaag brachte. Der Wanderweg führt über Münzbach (Sinnepark) nach Altenburg, wo eine alte Pfarrkirche, die Gruft mit den historisch bedeutsamen Fresken und das Museum im alten Schulgebäude zum Besuch einladen, zurück nach Windhaag. Es gibt auch kürzere Varianten zu diesem 12,8 Kilometer langen Rundweg.

In Rechberg empfehlen sich eine Wanderung vom Zentrum am See zum Schwammerling (30 min), eine Wanderung zum Freilichtmuseum Großdöllnerhof (15 min) und zum Teufelsstein (30 min). Für den Weg von Rechberg zum Tatort St. Thomas benötigt man durch eine faszinierende Landschaft, in der es bergauf und bergab geht, zu Fuß gut eineinhalb Stunden (7 km). Von St. Thomas (Puppenmuseum, „luftgselchter Pfarrer", „Bucklwehluckn") hat man einen herrlichen Ausblick nach Süden bis zu den Alpen.

Die luftgeselchte Hexe

Hinter so manchem natürlichen Tod mit der ärztlichen Diagnose Herzversagen steckt in Wahrheit Mord. Aber seit die pathologischen Untersuchungen in Österreich aus Kostengründen drastisch reduziert worden sind, wird an Toten nur mehr herumgeschnipselt, wenn ganz offensichtliche Verdachtsmomente bestehen oder völlige Unklarheit über die Todesursache herrscht. Der Staat spart eben überall, bei den Lebenden und den Toten.

Als der alte Pfarrer von St. Thomas am Blasenstein die Gruftkammer seiner Pfarrkirche betrat, hätte ihn beinahe der Schlag getroffen. Anstelle der berühmtesten Mumie des Landes grinste ihm ein weiblicher Kopf aus dem gläsernen Sarg entgegen. Hochwürden fiel auf die Knie, betete um eine Eingebung und rief dann die Polizei. Auch der Herr Inspektor staunte nicht schlecht und klärte zuerst die Zuständigkeiten, eine uralte Leiche war verschwunden, eine frische teilweise aufgetaucht. Schließlich rückte doch die Mordkommission an und der Herr Inspektor präzisierte am Anschauungsobjekt, was unter teilweise zu verstehen sei, dass nämlich der Leiche Rumpf samt Extremitäten fehlte. „Die Frau war mittleren Alters, um die 40 vielleicht", sagte der Gerichtsmediziner, „der Kopf wurde sauber vom Rumpf abgetrennt. Die Frau ist noch nicht lange tot, höchstens ein paar Tage." Während Chefinspektor Leopold Dörr und der Gerichtsmediziner über die ungewöhnliche Enthauptung berieten, jammerte der Pfarrer still vor sich hin. Ihm bereitete die verschwundene Mumie, der so genannte „luftgselchte Pfarrer", weit mehr Kopfzerbrechen als der Frauenkopf. „Der Schädel hat jetzt Vorrang", brummte Dörr, der die Ermittlungen leitete, in Richtung des Pfarrers. „Zuerst müssen wir feststellen, wem er gehört, erst dann kommt die verschwundene Mumie dran." Glücklich war der Pfarrer zwar nicht mit dieser Reihenfolge, aber er fügte sich und ließ sich sogar zu der Bemerkung hinreißen: „Irgendwie kommt mir das Gesicht bekannt vor."

Es dauerte nur wenige Stunden, bis der Kopf zweifelsfrei identifiziert war. Die Enthauptete war eine Magd gewesen, die etwa eine Woche zuvor unter nicht restlos geklärten Umständen verstorben war. Sie hatte auf einem Bauernhof in der Nähe von Rechberg gelebt, wo sie als Hexe, schwarze Magierin und Verbündete des Teufels galt. Trotzdem oder vielleicht auch deswegen ließen sich die Menschen gerne von ihr wahrsagen, allerdings besuchten sie die Magd natürlich nur heimlich, denn wer wollte schon mit einer Hexe in Zusammenhang gebracht werden? Die Neugierde, was die Zukunft einem bringen, ob endlich der richtige Partner den eigenen Weg kreuzen würde, trieb immer wieder den einen oder die andere in ihre Kammer. Sie legte Karten, las aus der Hand und schwang das kristallene Pendel, je nach Bedarf. Das brachte ihr weit mehr ein als die Arbeit am Hof, für die sie Kost, Quartier und ein Taschengeld bekam. Pernilla, wie sie genannt wurde, war als Waisenkind auf den Hof gekommen, kaum jemand kannte ihren richtigen Namen. Sie mied die Öffentlichkeit und die Öffentlichkeit mied sie.

Als man ihr noch frisches Grab in Rechberg öffnete, fand sich darin nicht der den Kopf ergänzende Körper, dafür aber die vermisste Mumie. Der Pfarrer war überaus erleichtert ob dieses Fundes, allerdings fürs Erste nur beinahe glücklich, da es noch einige Zeit dauern sollte, bis dieses wertvolle Zeugnis menschlicher Vergänglichkeit wieder an seinen rechtmäßigen Platz zurückkehren konnte. Es soll sich dabei um den natürlich mumifizierten Leichnam eines Chorherrn handeln, der in der ersten Hälfte des 18. Jahrhunderts gelebt hat. Die Mumie wurde genauestens auf Spuren untersucht, was nur unter äußerster Sorgfalt vor sich gehen konnte, um nicht noch mehr zu zerstören als ohnehin schon zerstört worden war durch den Vandalenakt. Knochenbrüche einer Mumie heilen nicht mehr zusammen, sie lassen sich höchstens mit Superkleber notdürftig beheben.

Die Ermittlungen liefen auf Hochtouren, wobei nicht nur die Kripo aktiv war, es waren zwei ganze Gemeinden, die Detektiv spielten: St. Thomas und Rechberg. Diese Sonderermittler waren jedoch nicht ganz unbefangen und schoben sich hauptsächlich gegenseitig die Schuld zu. Die Rechberger suchten den oder die Übeltäter in St. Thomas und die Thominger suchten unter den Rechbergern. Nächtliche Wirtshausschlägereien waren die Vorboten eines beginnenden Dorfkrieges, dessen Auslöser irgendwo zwischen Thominger Pfarrkirche und Rechberger Friedhof lag.

Dörr hielt sich aus den Streitereien möglichst heraus und konzentrierte seine Ermittlungen auf Pernilla. Bald hatte er erfahren, dass sie neben ihrer Arbeit als Magd auch als Wahrsagerin tätig gewesen war. Damit nicht genug, soll sie noch ganz andere Dienste angeboten haben, die ausschließlich der Männerwelt vorbehalten blieben. Vielleicht als Ausgleich dazu, dass die Hände, aus denen sie las, zum überwiegenden Teil weiblich waren. Am Tag war sie also dem weiblichen Geschlecht zur Verfügung gestanden, in der Nacht dem männlichen. Dazwischen hatte sie die Arbeit auf dem Hof erledigt. Bis man sie nächtens in ihrem Bett gefunden hatte, mausetot. Der telefonisch herbeigerufene Gemeindearzt hatte Herzversagen diagnostiziert und den Totenschein ausgestellt. Tod durch Überanstrengung. Einen solchen Lebenswandel hält wohl niemand auf die Dauer aus.

Gefunden hatte sie ein Freier, der auch den Arzt verständigt hatte und dann verschwunden war. Seiner Identität war man bislang nicht weiter nachgegangen. Eine offizielle Trauerfeier hatte es nicht gegeben, keinen Gottesdienst und keinen Pfarrer, der Pernilla auf dem letzten Weg begleitet hätte. Neben den Bauersleuten des Hofes, auf dem sie gelebt und gearbeitet hatte, und der Bäuerin, der sie manchmal ausgeholfen hatte, waren nur ein paar Schaulustige und die bei jedem Begräbnis üblichen Klageweiber zur Verabschiedung gekommen. Sie waren in gehörigem Respektsabstand zum Grab gestanden, um nicht in den Verdacht zu geraten, zu Pernillas Kundschaft gehört zu haben.

Dörr hatte es nicht leicht, die Spreu böswilliger Anschuldigungen vom Weizen ernstzunehmender Behauptungen zu trennen. Während manche Thominger behaupteten, dass die Rechbergerinnen durchwegs mit dem Hexenwesen vertraut wären und auf dem Großdöllnerhof heimliche Schulungen im Besenreiten stattfänden, gab es Rechberger, die – allerdings hinter vorgehaltener Hand – erzählten, dass sich der halbe Thominger Gemeinderat bei Pernilla angestellt habe und dass sogar der Herr Pfarrer schon bei ihr gesehen worden sei, was dieser natürlich entrüstet zurückwies. Er habe höchstens ein paar Mal versucht, sie von ihrem gottlosen Treiben fernzuhalten, was ihm aber leider nicht gelungen sei.

Hätte nicht ein Jagdhund statt eines angeschossenen Hasen eine menschliche Hand apportiert, wären Dörrs Ermittlungen wohl im Sande verlaufen. So aber ergab sich endlich eine heiße Spur, denn es stellte sich bald heraus, dass es sich bei dem menschlichen Überrest um Pernillas linke Hand handelte. Gefunden in der Nähe eines Bauernhofes beim so genannten Teufelsstein, der etwa an der Gemeindegrenze zwischen Rechberg und St. Thomas liegt. Wenig später hatten die ausschwärmenden Beamten auch die restlichen Körperteile zusammengetragen, schon etwas angenagt von Tieren, aber noch einwandfrei identifizierbar. Wahrscheinlich war Pernillas Leiche mit einer Motorsäge zerteilt worden, weshalb Dörr beim Täter eher auf einen Mann tippte.

Der Fundort gab neuerlich Anlass zu wilden Spekulationen von Seiten der Rechberger und der Thominger. Der Teufelsstein, ein gewaltiger Granitblock, ist dem Volksmund nach eine alte heidnische Kultstätte, wie es in der Gegend mehrere gibt. Der wohl bekannteste ist der Schwammerling, ein imposanter Wackelstein mit dem Aussehen eines riesigen Schwammes etwas südwestlich von Rechberg. Da solche mystischen Orte auf Grund ihrer besonderen Lage in freier Natur und wegen ihrer Strahlung als Kraftplätze angesehen werden, mit denen man allerlei Hokuspokus verbindet, hatten die Einheimischen nun einen weiteren Grund, in Pernilla eine Hexe zu sehen.

Dörr war auf der Jagd, zunächst einmal nach dem Jagdhund beziehungsweise nach dessen Besitzerin, der Bäuerin auf dem Hof in der Nähe des Teufelssteins, interessanterweise jener Bäuerin, der Pernilla immer wieder ausgeholfen haben soll. Seine erste Vermutung, dass ein Mann die Zerstückelung vorgenommen hatte, verwarf er rasch wieder, als er die Bäuerin sah, die gewaltige Baumstämme zerteilte, mit einer Motorsäge. Sie werkte auf ihrem Hof, ganz allein, dass die Späne stoben. Der Bauer war schon unter der Erde, der Sohn in der Landwirtschaftsschule. Sie war erst um die 40, braun gebrannt, kräftig, vital. Als sie Dörr die Hand schüttelte, bemerkte er eine Tätowierung: eine Hexe auf dem Besenstiel. „Das hat nichts zu bedeuten", sagte sie lächelnd. Ob sie Pernilla gekannt habe? „Na klar", war die Antwort, „gut sogar! Sie hat mir öfter ausgeholfen bei der Arbeit. Das arme Ding!" Ob sie auch ihre Dienste als Wahrsagerin in Anspruch genommen habe? „Nein", war die knappe Antwort. „Und die Männer, die sie aufsuchten?" „Darüber weiß ich nichts." Dörr sah das Gespräch ins Leere laufen, weshalb er das Thema kurz entschlossen änderte: „Ihr Hund, der die Leichenteile gefunden hat, läuft der immer so frei herum?" „Heiko ist ein guter Hund. Meistens ist er schon im Hof eingesperrt, aber damals ist er mir entwischt." Dörr hatte Witterung aufgenommen. Wie der Hund. Wenn die Leiche hier am Hof zersägt worden war, dann war es vielleicht gar kein Zufall gewesen, dass der Hund die Hand entdeckt hatte. Dörr musste an der Bäuerin dranbleiben. „Heißen Sie wirklich nur Berta?" „Nein, eigentlich heiße ich Ruperta, aber alle hier nennen mich Berta", erklärte sie. „Auch eine Verstümmelung", sagte Dörr und glaubte in ihren Augen ein kurzes Flackern zu erkennen. Sie sagte aber nichts darauf, sondern wollte nun ihrerseits wissen, mit wem sie es eigentlich zu tun habe. Als Dörr sich als Chefinspektor zu erkennen gab, fragte sie: „Sind Sie deswegen zu mir gekommen, wegen Pernilla?" „Nein, eigentlich mehr wegen des Hundes", sagte Dörr und wagte einen Versuch: „Sie können mit der Motorsäge umgehen wie ein Mann. Hilft Ihnen denn sonst keiner am Hof?" „Ich muss den Mann im Haus ersetzen", sagte sie, „wenigstens bis mein Sohn einmal das Ganze übernimmt, wenn er überhaupt noch will. Bei den Jungen kann alles schnell anders sein, von heut auf morgen. Aber er ist ein guter Bub. Er hilft mir auch fleißig, wenn er daheim ist." „Wann ist Ihr Mann denn gestorben?" „Vor gut einem Jahr, viel zu früh." „Und woran?" „An Herzversagen, an ganz normalem Herzversagen." Dörr runzelte die Stirn. Wieder nahm er dieses Flackern in ihren Augen wahr. „An gewöhnlichem Herzversagen?" „Ja, so hat es der Arzt diagnostiziert. Bitte, entschuldigen Sie mich jetzt", streckte sie ihm unmissverständlich die Hand zum Abschied entgegen, „es wartet noch viel Arbeit auf mich." „Bei mir ist es dasselbe", sagte Dörr, „da läuft ein Mörder oder eine Mörderin frei herum." „Dann suchen Sie", sagte sie und startete die Motorsäge, während Heiko Dörr bellend hinausbegleitete.

Der nächste Besuch galt dem Hof, auf dem Pernilla gewohnt und gearbeitet hatte. Die Bauersleute gaben sich äußerst zugeknöpft. Eine tüchtige Arbeiterin sei sie gewesen, alles andere seien nur böse Gerüchte, aufgebracht von ein paar hinterhältigen Thomingern. Auf Dörrs Nachfragen relativierten sie ihre Aussage ein wenig. Es sei eben Pernillas Sache gewesen, woran sie glaubte und woran nicht, das gehe niemanden etwas an. Sie habe schon besondere Fähigkeiten gehabt, die Pernilla. Sogar Tiere habe sie heilen können, weshalb andere Bauern oft neidisch gewesen seien. „Nirgends waren die Tiere so gesund wie auf unserem Hof", sagte die Bäuerin voller Stolz. Mehr konnte Dörr nicht aus den Bauersleuten herausbringen, es wollte sich wohl keiner den Mund verbrennen.

Der Chefinspektor fuhr auf Schleichwegen nach St. Thomas. Für den von ihm geplanten Gasthausbesuch war es noch zu früh, denn die einheimischen Stammtischler kamen erst gegen Abend zum alltäglichen Biergeschwafel. Dörr ging zum Zeitvertreib Richtung Blasenstein zur „Bucklwehluckn", wie eine schmale Felsenspalte genannt wurde, durch die man sich angeblich durchzwängen musste, um seine Kreuzschmerzen loszuwerden. Was für ein Aberglaube! „Das kann höchstens umgekehrt sein, dass man vom Hindurchkriechen Kreuzweh bekommt", dachte

Dörr, „das einzig Heilende hier ist der Schutz vor dem lästigen Wind, von dem der Blasenstein wohl seinen Namen hat." Er stieg auf den Felsen. Von dort aus hatte er einen wunderbaren Ausblick auf die Hügel und Wälder des Mühlviertels. Grün in allen Schattierungen, eine frische, würzige Luft, in der Ferne das Tal der Donau und dahinter die schwachen Konturen der Nordalpen. Eingebettet in die Landschaft überall Bauernhöfe. Die Jungen pendelten in die Stadt zur Arbeit, die Alten schufteten zuhause in der Landwirtschaft. Gasthaus und Kirche waren hier die Kommunikationszentren, daneben die dörflichen Nahversorger, die aber trotz politischer Maßnahmen immer weniger wurden. Dörrs Gedanken schwebten über der scheinbaren Idylle dieser Landschaft. Mörder und Motiv waren einheimisch, das stand für ihn fest. Da war nichts Fremdes. Er musste hier suchen, in den beiden Dörfern, in den Dorfwirtshäusern von St. Thomas und Rechberg. Hier lag die Wahrheit zwar nicht im Wein, sondern im Bier, aber hier lag sie vergraben, in den Mühlviertler Seelen.

Aus den kantigen Gesichtern starrten ihn zunächst abschätzende Augen an, als er die Gaststube des Kirchenwirtes betrat. Auf seine Frage, ob er am Stammtisch Platz nehmen dürfe, erhielt er ein undefinierbares Gebrabbel zur Antwort, das er schnell entschlossen als Ja deutete. Nach ein paar einleitenden Floskeln kam man dann aber rasch zum Thema. „Ja, die Rechberger Weibsbilder", sagte einer, „die haben ihre Besen nicht nur zum Kehren." „Aber die Bauernhöfe, auf denen die Pernilla gearbeitet hat, sind doch von Rechberg auch nicht weniger weit entfernt als von St. Thomas", warf Dörr ein. „Aber sie gehören zu Rechberg." „Und eure Frauen, sind die anders?" „Ganz anders! Bei uns gibt es diesen Hexenspuk nicht, bei uns gehen die Weiber in die Kirche und nicht zu schwarzen Messen." Gelächter in der Runde. Dörr nahm nun auch den ironischen Tonfall an: „Also alle Rechbergerinnen sind heidnische Hexen und alle Thomingerinnen gläubige Christinnen." „So könnte man sagen."

„Und die Männer? Haben nicht einige Thominger die Pernilla aufgesucht?" „Und wenn schon! Männer sind Männer, ob Thominger, Rechberger oder andere. Die sind überall gleich." „Also gute Christen und keine Heiden?" „Na ja, die einen mehr und die anderen weniger. Die einen sind Kirchengeher und die anderen Wirtshausgeher. Manche gehen auch kurz in die Kirche und dann ins Wirtshaus. Aber Christen sind sie alle." „Und die Ruperta?", fragte Dörr, „die ist ja eine Rechbergerin, also ist die Berta auch eine Hexe?" „Die Ruperta? Mit Sicherheit! Sieht man ja schon an ihrer Tätowierung: Hexe mit Besen. Die ist genauso eine Hexe wie die Pernilla. Und einen Beweis dafür haben wir auch: Auf beiden Höfen gibt es keine kranken Viecher." „Dafür war Rupertas Mann krank", warf Dörr ein. „Krank? Krank war der nicht. Den hat sie krank gemacht." „Inwiefern?" „Man hört da so einiges." „Was zum Beispiel?" „Er könnte auch vergiftet worden sein." „Von ihr?" „Ja sicher, er hat doch was mit der Pernilla gehabt." Dörr hatte so etwas fast vermutet. „Und die Pernilla? Wie ist die gestorben? In den Armen eines Liebhabers?" Aber mit dieser Frage biss Dörr auf Mühlviertler Granit. Niemand wollte wissen, wer der letzte Freier war. „Wahrscheinlich ist sie auch vergiftet worden, genauso wie der Bauer", sagte einer. „Da gehen ja einige Gerüchte im Kreis", gab sich Dörr erstaunt, „aber mit Gerüchten allein kann ich nicht viel anfangen." „Wieso? An den Gerüchten ist meistens etwas Wahres dran, die wenigsten sind einfach aus der Luft gegriffen." „Und wieso nicht gleich die Wahrheit?", fragte Dörr. „Vielleicht will jemand auf keinen Fall, dass die Wahrheit ans Licht kommt." „Und wer könnte das sein?" Achselzucken. Grinsen. Unverständliches Gemurmel. Hier war eindeutig das Ende der Fragestunde. Nachdenklich fuhr Dörr nach Hause. Ruperta – war sie die Täterin?

Am nächsten Tag suchte Dörr in der Nähe von St. Thomas jenen Arzt auf, der den Totenschein sowohl für Rupertas Mann, den

Bauern, als auch für Pernilla, die Hexe, ausgestellt hatte. In beiden Fällen hatte er Herzversagen als Todesursache diagnostiziert. „Eigentlich ein Zufall", sagte Dr. Braun. „Was?", fragte Dörr, „dass beide an Herzversagen starben?" „Nein, dass ich in beiden Fällen gerade Wochenenddienst hatte. Beide sind an einem Sonntag nachts verstorben. Andererseits tritt Herzversagen oft am Wochenende auf, wenn der Körper sich in einer Ruhephase befindet." „Auf den Bauern mag das vielleicht zutreffen, aber auf die Pernilla?", wandte Dörr ein. „Wie meinen Sie das?" „Nun, Liebesdienste können ganz schön anstrengend sein, auch am Wochenende. Wie man so hört, soll die Pernilla in den Armen eines Liebhabers gestorben sein." „Blödsinn!", brauste Braun auf, „das müsste ich doch wissen. Die Leute reden so viel und meistens nur Unsinn." „Wie war denn der Gesundheitszustand der beiden?", wurde Dörr wieder sachlich, „waren irgendwelche Krankheiten bekannt?" „Dazu kann ich Ihnen nichts sagen, Herr Chefinspektor, das fällt unter das Arztgeheimnis." Jetzt brauste Dörr auf: „Nun hören Sie aber auf, Herr Doktor, kommen Sie mir nicht damit! Die beiden sind längst tot, möglicherweise sind sie sogar umgebracht worden. Aber wenn Sie unbedingt wollen, kann ich Sie auch offiziell am Dezernat vorladen. Dann müssen Sie mir antworten." „Von Mord kann überhaupt keine Rede sein", lenkte der Arzt ein, „der Bauer hatte Herzrhythmusstörungen, sein EKG war nicht gerade schön. Er nahm deswegen auch Medikamente." „Und Pernilla?" „Die hatte Bluthochdruck und nahm ebenfalls Medikamente." „Kein Wunder!", entfuhr es Dörr, was ihm von Dr. Braun den Vorwurf einbrachte, er lasse sich zu sehr von den haltlosen Gerüchten der Leute beeinflussen. „Vielleicht", gab Dörr zu, „aber sonst habe ich nicht viel in der Hand." Das sollte sich auch durch den Besuch bei Dr. Braun nicht ändern.

Dörr suchte die Einsamkeit. Er setzte sich auf einen Granitblock und hoffte, das Kraftfeld des Steins würde sein Kombinationsvermögen beflügeln. Er starrte hinunter in die Donauebene, die allmählich im Dunstschleier der Dämmerung verschwand. Wieder ging ein Tag zu Ende, viel zu rasch, und er hatte das Gefühl, nicht vorangekommen zu sein. Alles an diesem Fall war irgendwie verschleiert, nicht ein Detail war klar und eindeutig. Auch die Menschen waren alle verschlossen. Immer nur Andeutungen, Mutmaßungen, nichts Konkretes. Als hätten sie Angst voreinander. Aber wer waren hier die sprichwörtlichen Dorfkaiser? Vor wem hatten die anderen sich zu ducken? Zumeist waren es Unternehmer, Beamte, Bauern oder Politiker. Wobei fast immer nur die Alteingesessenen dazuzählten, die Wochenendhausbesitzer oder aufs Land geflüchteten Pensionisten verbargen ihre vor allem finanzielle Überlegenheit lieber und mieden die Öffentlichkeit. Und dann gab es noch die Respektspersonen, wobei der Respekt vor ihnen schon gehörig im Schwinden war: Pfarrer, Arzt und Lehrer. Oder waren in St. Thomas und Rechberg wirklich alle gleich? So wie in der Polizei gepredigt wurde, dass man alle gleich behandeln solle, egal ob Dorfkaiser oder Magd? Früher hatte der Dorfgendarm die Hacken zusammengeknallt oder weggesehen, wenn der Herr Lehrer betrunken aus dem Wirtshaus kam und mit dem Auto heimfuhr. Aber jetzt, wo es nur mehr auswärtige Polizeistreifen gab, waren alle gleich. Waren sie es wirklich?

Zumindest eines wusste Dörr mit Bestimmtheit: Er war ein Außenseiter, der in diese dörfliche Welt eingedrungen war. Er war keiner der Ihren, kein Thominger und kein Rechberger. Man nannte ihn den Linzer, wenn man von ihm sprach. Nur welche Strategie sollte er jetzt verfolgen? Sollte er Härte zeigen und auf Einschüchterung setzen? Oder sollte er nicht doch versuchen, Vertrauen zu gewinnen und so etwas zu erfahren, was ihn weiterbrachte?

Dörr blickte auf die Uhr. Es war bereits Abend, aber noch nicht zu spät für einen Besuch. Er beschloss, noch einmal zu Ruperta zu fahren. Als er sich im Auto dem Hof näherte, sah er in der Einfahrt einen Landrover stehen, den er kannte. Der

Wagen gehörte dem Arzt. Er musste unmittelbar nach Dörrs Besuch zu Ruperta gefahren sein. Dörr versuchte unbemerkt zu bleiben, aber der Jagdhund machte ihm einen Strich durch die Rechnung und schlug an. Der Chefinspektor fluchte leise vor sich hin. Schon trat Ruperta vor die Tür. „Herr Inspektor, zu so später Stunde noch?“, zeigte sie sich ein wenig überrascht. „Haben Sie Ihren Täter noch immer nicht?“ „Nein“, sagte Dörr unwirsch, „sind Sie krank?“ „Nichts Ernstes“, antwortete Dr. Braun an Rupertas Stelle. Er war hinter der Bäuerin aus der Tür getreten. „So schnell sieht man sich wieder“, ergänzte der Arzt grinsend. Dörr bat um ein Glas Wasser. Er wurde in die Stube gebeten, wie er es beabsichtigt hatte. Kommentarlos registrierte er, dass kein Arztkoffer zu sehen war. „Bin ich also verdächtig?“, fragte Ruperta spitz. „Na ja“, erwiderte Dörr, „schon wegen der Motorsäge.“ „Wenn man einer Leiche den Kopf abschneidet, ist man dann gleich ein Mörder?“ „Nein, aber ein Leichenschänder. Auch das ist strafbar.“ „Da wäre ja auch jeder Pathologe zu strafen“, warf Dr. Braun ein. „Soviel ich weiß, schneiden Pathologen keine Köpfe ab“, ging Dörr auf das Geplänkel ein, „und wenn, dann wäre es eine legale Leichenschändung.“ „Ist für Leichenschändung nicht eher die hiesige Polizei zuständig als die Kripo Linz?“, hakte der Arzt nach. „Schon, aber ich ermittle in einem Mordfall. Im Labor wurde festgestellt, dass Pernilla vergiftet worden ist“, wagte Dörr einen Schuss ins Blaue. Ein kurzes Zucken huschte über Rupertas Gesicht, der Arzt hingegen zeigte keine Regung. Dörr setzte noch eins drauf und wandte sich an Ruperta: „Ob wir Ihren Mann nicht auch noch obduzieren lassen, wird derzeit noch geprüft.“ „Das ist nicht möglich“, verlautete der Arzt souverän, während Ruperta betreten schwieg. „Wieso nicht?“ „Weil er eingeäschert wurde.“ Das traf nun Dörr wie ein Keulenschlag, denn spätestens jetzt wusste der Arzt, dass Dörr geblufft hatte. Die beiden waren also gewarnt, und das von ihm selbst. Aber hatte er damit rechnen können, dass ein katholischer Bauer der Flamme übergeben wurde? „Und wie schaut es jetzt mit Pernilla aus? Hat man vielleicht doch keine Spuren von Gift gefunden?", fragte Dr. Braun mit hinterhältigem Grinsen. „Was nicht ist, kann noch werden", versuchte Dörr seine Position zu halten. „Sie haben mir noch gar nicht gesagt, weshalb Sie eigentlich gekommen sind, Herr Inspektor", hatte jetzt auch Ruperta ihre Sprache wiedergefunden. „Eigentlich wollte ich Sie nur fragen", erklärte Dörr, „ob Pernilla mit Ihrem verstorbenen Mann ein Verhältnis hatte." Wieder huschte das Zucken über Rupertas Gesicht. „Ja, das hatte sie", sagte sie dann ganz unverblümt, „aber was geht Sie das an?" Dörr ignorierte die Frage und wandte sich an den Arzt: „Und wie schaut's mit Ihnen aus, Doktor?" „Frechheit!", blockte Dr. Braun ab, „besser, Sie gehen jetzt und lassen uns in Ruhe." Dörr überlegte kurz, ob er den Arzt noch auf seinen fehlenden Werkzeugkoffer ansprechen sollte, verzichtete aber und ging, grußlos, begleitet vom lauten Bellen des Hundes hinaus. Er war wütend, wütend auf sich selbst. Erreicht hatte er nur, dass die Vermutung, Pernilla habe ein Verhältnis mit dem Mann Rupertas gehabt, nun bestätigt worden war. Aber Verhältnisse hatte die Magd wohl viele gehabt.

Dörr war ein Mann der Praxis. Er hielt wenig von Psychologen und Täterprofilen. Da er aber nach wie vor keinen Anhaltspunkt in dem Fall entdecken konnte, sprang er dieses Mal über seinen Schatten. „Was treibt einen Menschen dazu, einer Leiche den Kopf abzuschneiden?", fragte er am nächsten Tag die junge, aber sehr resolute Polizeipsychologin, der er gegenübersaß, „Rache, Hass?" „Das ist zu wenig", gab sie zur Antwort, „das mag alles mitspielen. Aber in diesem Fall möchte der Täter oder die Täterin auf etwas aufmerksam machen. Daher der eigenartige Fundort in der Kirche. Die Kirche ist ein heiliger Ort, Hexen hingegen sind heidnisch und gehören nicht dorthin." „Aber da hätte die Leiche doch am Friedhof bleiben können, der ist ja auch heilig." „Nein, denn am Friedhof zieht sie keine Aufmerksamkeit mehr auf sich. Außerdem sind Friedhöfe heutzutage für alle da, man verscharrt Heiden nicht mehr irgendwo auf einem Anger, so wie früher. Den Toten gegenüber ist man toleranter geworden, den Lebenden gegenüber weniger. Aber in der Kirche haben Heiden nach wie vor nichts verloren!" „Und worauf wollte der Täter aufmerksam machen? Haben Sie dazu auch eine Idee?", wollte Dörr wissen. „Ich tippe eher auf eine Täterin", begann die Psychologin, „vielleicht richtete sich ihr Aktionismus gegen die Männer, die Pernilla regelmäßig aufsuchten." „Eine Betrogene, die eifersüchtig und rachsüchtig war?" „Möglich. Ich würde etwas in der Richtung vermuten." „Und weshalb der Austausch mit der Mumie?" „Dafür kann es verschiedene Gründe geben. Vielleicht sollte der Luftgeselchte seine Ruhe haben von diesen Sündern." „Das würde ganz gut auf die Ruperta passen", überlegte Dörr, „aber es passt mir ein wenig zu offensichtlich." „Es ist ja nicht gesagt, dass sie deswegen auch die Mörderin sein muss. Das könnte durchaus jemand anderer gewesen sein", merkte die Psychologin an. „Stimmt, vielleicht ist das der Schlüssel zu dem Fall. Vielleicht will Ruperta ja sogar, dass man sie verdächtigt, und deckt damit jemanden. Aber wer ist dann der wahre Mörder? Denn dass es Mord ist, das steht für mich außer Zweifel, auch wenn noch keine Beweise vorliegen." „Das wird wohl auch schwer zu beweisen sein, wenn die Gerichtsmedizin nichts findet", warf sie ein, „außer die Beteiligten verraten sich selbst." „Wie meinen Sie das? Tippen Sie auf mehrere Täter?" „Nein, aber auf Mitwisser. Da ist mit Sicherheit eine Beziehungsgeschichte im Spiel, und bei so etwas gibt es immer Mitwisser!" „Der Arzt", sagte Dörr, „er weiß sicher mehr, als er zugibt, außerdem …" „Außerdem hätte er das Wissen, wie man jemanden umbringt, ohne Spuren zu hinterlassen. Das wollten Sie doch sagen, oder?" „Nicht ganz", erwiderte Dörr, „irgendwelche Spuren hinterlässt jeder. Aber was das Gift betrifft, haben Sie wahrscheinlich recht. Wenn er mit Ruperta unter einer Decke steckt, wird es schwer sein, die beiden zu überführen."

„Wie kommen Sie darauf, dass die beiden …“ „Er hat sie gestern besucht, gleich nachdem ich bei ihm war, und als er verärgert war, sprach er im Plural: Lassen Sie uns in Ruhe!“ „Fein beobachtet! Ein Beweis ist das freilich nicht.“ „Natürlich nicht, aber ein kleiner Hinweis.“ „Mögen Sie noch viele solcher Hinweise finden“, wünschte die Psychologin dem Chefinspektor, als sich dieser dankend verabschiedete. Dörr hatte das Gefühl, mit Hilfe der Psychologin doch ein Stück weitergekommen zu sein. Das musste er sich eingestehen.

Sein nächster Besuch galt dem Totengräber. „Eigenartig, höchst eigenartig“, brummte der Mann, als ihn Dörr fragte, wie es denn möglich sei, unbemerkt einen Sarg zu öffnen und an der Leiche herumzumanipulieren. „Ehrlich gesagt, ich kann mir das Ganze nicht erklären. Den Sarg wieder auszubuddeln, dazu braucht man allerlei Gerätschaften. Das kann ein Laie gar nicht allein schaffen. Das muss schon vor der Beerdigung passiert sein.“ Dörr schaute den Totengräber fragend an. „Normalerweise werden die Toten bei uns bis zur Beerdigung im offenen Sarg aufgebahrt. Das war früher Vorschrift wegen der Scheintoten, und wir machen es auch heute noch so. Nur bei starken Verstümmelungen, beispielsweise bei Verkehrsopfern, wird der Sarg gleich geschlossen. Dort wo halt ein Scheintod praktisch unmöglich ist.“ Der Totengräber lachte und fuhr fort: „Daheim, im eigenen Haus, werden ja nur mehr ganz wenige aufgebahrt. Heute kommen die Toten in die Leichenhalle und erst am Tag der Beerdigung wird der Sarg geschlossen und verschraubt. Und bis dahin kann man an die Leiche heran. Man muss halt den Sarg dann verschließen, damit keiner das Massaker bemerkt.“ „Wie hat sich das Begräbnis der Pernilla denn abgespielt?“, fragte Dörr weiter. „Messe wurde natürlich keine gelesen. Es wurde nur für die irregleiteten armen Seelen gebetet. Und das Begräbnis war eine Beisetzung, nicht mehr. Der Herr Pfarrer war nur als Beobachter dabei. Ansonsten war unser Chef persönlich für die kurze Zeremonie verantwortlich, ein paar Gebete, ein paar

Worte der Erinnerung, Sarg hinunter, das war's." „Wer ist Ihr Chef?" „Konrad Hohlmann, der Bestattungsunternehmer." „Und wie viele Trauergäste sind gekommen?" „Ein gutes Dutzend vielleicht, viele waren es nicht. Von ihren ganzen Liebhabern hat sich keiner blicken lassen." „Die Ruperta, die Bäuerin, die war dabei, habe ich gehört." „Ja, die schon, schließlich hat die Pernilla für sie gearbeitet." „Und der Arzt?", fragte Dörr beiläufig. „Dr. Braun? Nein, den habe ich nicht gesehen." „Wie war das eigentlich mit Rupertas Mann? Kommt es oft vor, dass sich jemand einäschern lässt?" „Oft nicht, aber immer öfter. Ich habe mich auch gewundert, dass er sich hat einäschern lassen, der alte Schürzenjäger." „Und hat es da eine kirchliche Trauerfeier gegeben?" „Klar, mit allem Drum und Dran, Kirchenchor, Blasmusik, Rauschzehrung bis in die Abendstunden." „Rauschzehrung?", wunderte sich Dörr. „Rindfleisch mit Semmelkren und ein paar Liter Bier. Das ist bei uns so üblich bei großen Leichen. Die Pernilla landete dagegen in einem Armengrab, am Rande des Friedhofs. Besser gesagt sollte sie dort landen, denn es war ja der Luftgeselchte, der dort vergraben wurde, und die Pernilla landete in der Pfarrkirche!" „Der Kopf landete dort, alles andere auf dem Komposthaufen", besserte Dörr aus. „Der Kopf ist auch das Wichtigste, alles andere ist nicht wichtig. Der Kopf, der macht den Menschen aus, und der Totenschädel ist auch das, was am längsten übrig bleibt von uns." Dörr sah den Mann nachdenklich an. Er war im Gegensatz zu seinen bisherigen Gesprächspartnern dieser Gegend erfrischend offen. „Sie glauben also, die Sargschändung muss in der Nacht vor der Beisetzung passiert sein?" „Ja, unbedingt. Anders ist es gar nicht möglich." „Aber wieso hat sich niemand gewundert, dass der Sarg schon fest verschraubt war, als man ihn abholte?" „Da fragt niemand nach. Das machen bei uns verschiedene Leute, die Pompfüneberer, der Mesner oder sein Stellvertreter, der Chef selber. Irgendwer wird's schon gewesen sein, denkt man sich." „Ist die Leichenhalle abgesperrt?" „In der Nacht schon, außer der Pfarrer vergisst. Bei der Kirche ist es dasselbe. Es ist schon vorgekommen, dass alles offen stand."

Dörr verabschiedete sich herzlich und stattete dem Luftgeselchten einen Besuch ab. Der lag wieder an seinem angestammten Platz, entstaubt und geduldig die Gebete der armen Sünder ertragend. Am nächsten Tag, einem Freitag, wurden auch Pernillas sterbliche Überreste für die Zweitbestattung freigegeben. Noch immer stand das endgültige Untersuchungsergebnis ihrer Obduktion aus.

Das Wochenende verstrich ereignislos. Als der Pfarrer am Montagmorgen die Kirche betrat, hätte ihn abermals beinahe der Schlag getroffen. Diesmal starrte er entsetzt auf den Hauptaltar, von wo ihm der Kopf des Arztes mit stumpfen Augen entgegenblickte, sauber abgetrennt vom Rumpf. „Jesus, Maria", stammelte der Pfarrer und sein nächster Blick galt dem Luftgeselchten. Der aber war unversehrt.

Dörr kam unverzüglich. Die Spurensicherung wurde angewiesen, dem sakralen Ort entsprechend die gebotene Vorsicht walten zu lassen. Der Chefinspektor fuhr danach direkt zu Ruperta und nahm sie fest. Sie verweigerte vorerst jede Aussage, gab aber bald den Mord an Dr. Braun zu. „Damit der Mord an meinem Mann nicht ungesühnt bleibt", rechtfertigte sie sich, „er hat den Doktor mit Pernilla in flagranti erwischt und ihm gedroht, ihn auffliegen zu lassen, den feinen Herrn Doktor, der hinter jedem Kittel hergewesen ist, genauso wie mein Mann früher. Er hat noch eine Rechnung mit ihm offen gehabt, weil der Herr Doktor auch mir den Hof gemacht hat, und da kannte er keinen Spaß, mein Mann. Er hat ihn gepackt und vom Hof gejagt und ihm gedroht, ihn bei der Ärztekammer anzuzeigen." „Und hatte ihr Mann Grund zur Eifersucht?" „Vielleicht am Anfang", sagte sie, „was spielt das heute noch für eine Rolle. Später ging mir dieser Casanova auf die Nerven." „Und wie kommen Sie auf die Idee, dass er Ihren Mann umgebracht haben soll?" „Weil er es mir gesagt hat, bei einer so massiven Herzschwäche war das eine Kleinigkeit." „Und Pernilla?" „Die starb an plötzlichem Herztod. Ich glaube nicht, dass der Doktor da nachgeholfen hat." „Und weshalb haben sie ihr den Kopf abgeschnitten?" „Es war die einzige Möglichkeit, auf die Sache aufmerksam zu machen. Wer hätte mir sonst geglaubt? Die feine Gesellschaft hat sich doch an der Pernilla abgeputzt. Sie war immer die Hure, die an allem schuld war, nicht die Männer. Ich habe ihr die letzte Ehre erwiesen und ihren Kopf in die Kirche gebracht." „Aber warum nur den Kopf?" „Alles andere zählt nicht, ist bloß Abfall an uns Menschen." „Und was kann der Luftgeselchte dafür?" „Der sollte endlich seine Ruhe haben vor dem heuchlerischen Kirchengesindel. Aber ihr seid ja alle gleich blind, Herr Inspektor, ihr wollt die Zeichen nicht erkennen. Nicht einmal wenn jemandem der Kopf abgeschnitten wird, wisst ihr, was gespielt wird." „Jetzt weiß ich es", sagte Dörr, „auch wenn ich es nicht verstehe." „Gar nichts wissen Sie", sagte sie, „rein gar nichts." „Wie haben Sie den Doktor denn umgebracht?", fragte Dörr. „Das sehen Sie doch", wurde Ruperta wieder verschlossener. „Im Schlaf? Wo haben sie es getan und wo ist Dr. Brauns Körper?" Aber nun schwieg sie.

Die Thominger Kirche war bis zum letzten Platz besetzt, alle waren sie gekommen, um Abschied zu nehmen von Dr. Braun, der auf so schreckliche Weise umgekommen war. Nur das Personal des Kirchenwirts hatte keine Zeit zu trauern. Da wurde Rindfleisch gekocht, Kren gerieben und Bier eingekühlt. Dörr wohnte der Zeremonie bei, als sein Handy vibrierte. Zur Rauschzehrung kam er nicht mehr, da war er schon auf dem Weg nach Katsdorf, wo ihn der Postenkommandant erwartete. „Ich dachte, das interessiert Sie", sagte er. „Besorgte Nachbarn haben angerufen, dass ein Verrückter im Garten Totenschädel aufspießt und tote Tiere zersägt. Kinder sollen ihn dabei heimlich beobachtet haben." „Wer ist der Mann?" „Ein noch junger Bursche, der die Landwirtschaftsschule besucht. Er wohnt in einem alten Auszugshäusel, das er von einem Nebenerwerbsbauern gemietet hat." Bei Dörr klingelte es sofort. „Ich dachte, das könnte Sie interessieren, Kollege, Sie wissen schon, wegen der abgesägten Köpfe." „Und ob", versicherte Dörr, dankte dem Postenkommandanten herzlich und machte sich auf den Weg zur angegebenen Adresse.

Der Mann war nicht zu Hause. Er war in der Schule. Dörr verständigte die Behörde und bat um ein paar Leute von der Spurensicherung. Es galt jetzt keine Zeit zu verlieren. Tatsächlich fanden sich im Garten mehrere aufgespießte Totenschädel, es stank nach Kadavern. An einer alten Scheunentür hingen Tierfelle, in der Scheune fanden sich eine Motorsäge, Benzinkanister, allerlei Werkzeug. Dörr öffnete die Haustür. Auf den Tischen und in den Regalen stieß man auf einschlägige Literatur über die Anatomie des menschlichen Körpers, Tierzeitschriften und Bücher über die Kunst des Präparierens von Tieren. Im Keller wurde man dann endgültig fündig. Einer der Räume glich quasi einer Prosektur. Ein Seziertisch mit einer großen Lampe, Sägen, Messer, Beile, Fräsen, Bohrer, Zangen, ein ganzes Arsenal an Werkzeugen. An der Wand hingen Plakate und Poster, alle zum selben Thema. Darunter stand eine riesige Kühltruhe. Ein in Plastik verpackter menschlicher Torso wurde herausgehoben, in der Brust steckte ein Messer. Dörr war schockiert. Sofort ordnete er die Festnahme des jungen Mannes an. Er wurde vom Klassenzimmer weg verhaftet. Wie ein Gespräch mit dem Schuldirektor ergab, war Alfred schon immer ein Außenseiter und Sonderling gewesen, aber auch ein ausgezeichneter Schüler. „Wussten Sie, dass er Tiere präpariert und Totenschädel sammelt?" „Nein", sagte der Direktor, „aber es passt irgendwie zu ihm. Er hatte schon immer etwas Obsessives an sich."

Das psychiatrische Gutachten ergab, dass Alfred mehr als „etwas Obsessives" an sich hatte. Allein Ruperta wollte es nicht wahrhaben. Sie hatte ihren Sohn stets geschützt, wo sie nur konnte, und so hatte sie es auch diesmal getan, obwohl sie weder an dem Mord noch an der Leichenschändung beteiligt gewesen war. „Alfred hat den Arzt gehasst wie die Pest und ihm die ganze Schuld gegeben am Tod des Vaters und am Tod der Pernilla. Ich glaube, er hat die Pernilla sogar geliebt. Aber darüber hat er mit mir nicht gesprochen. Was sollte ich machen, Herr Inspektor?" Die Tränen rannen ihr über die Wangen. „Ich habe nur mehr ihn. Irgendwie habe ich immer gehofft, es könnte alles gut ausgehen." Dörr war betroffen. Wie hatte Ruperta zu ihm gesagt? „Ihr seid ja alle gleich blind, Herr Inspektor." Doch irgendetwas hatte er gesehen, wenn auch verzerrt, als er angenommen hatte, Pernilla sei sicherlich ermordet worden. War es nicht durch eine konkrete Tat geschehen, so hatten sie die alltäglichen Kränkungen in Summe wohl zermürbt.

Ruperta wurde umgehend enthaftet, ihr Sohn Alfred in eine psychiatrische Anstalt eingewiesen. Der Kopf des Arztes wurde mit dem Körper wieder vereinigt und fand seine letzte Ruhestätte nun ohne große Feierlichkeiten auf dem Rechberger Friedhof, auf dem auch Pernilla begraben lag. Die Thominger hatten keinen Platz mehr für ihn.

Ob nach dem Tod der Pernilla das sündhafte Treiben so mancher Bewohner in Rechberg und St. Thomas aufhörte oder ob es sich bloß in die Bezirkshauptstadt verlagerte, das bleibt wohl ein Beichstuhlgeheimnis. Die Gottgefälligen hatten jedenfalls Gesprächsstoff für Jahrzehnte.

ST. THOMAS – KLAM

Fährt oder wandert man von St. Thomas die Straße den Berg hinunter Richtung Süden, gelangt man bald zu einer großen Kreuzung. Links geht es nach Pabneukirchen (Holzwelten) und weiter nach St. Georgen am Walde, rechts nach Münzbach und Perg. Der nächste Tatort hingegen liegt geradeaus, über die Kreuzung hinein ins „Stille Tal". Kurz nach einem Ausflugsgasthaus, das bekannt ist für seine Forellenspezialitäten, gelangt man auf die Landesstraße, die links nach Bad Kreuzen führt (Kneipp-Kurort mit mächtiger Burg, Wandermöglichkeiten durch die Wolfsschlucht). Wir aber halten uns zunächst rechts, bis wir schließlich links nach Klam abbiegen. Von weitem schon grüßt die romantische Burg (Burgmuseum), Schauplatz der nächsten Geschichte. Diese beginnt zwar mit einer wahren Begebenheit, ist aber im Weiteren frei erfunden. Also keine Angst, der Herr Graf ist nicht verschwunden, wenigstens bis jetzt noch nicht!

Die Geschichte ist meinem Freund Dallas Hull in den USA gewidmet, mit dem ich in Salzburg gemeinsam ein Studentenzimmer bewohnt habe.

just plain words
commas periods
call up monsters
from some hell
that exists between the lines
in cantations
forming geometric patterns
in dreams
that we put on paper
in the morning
and call poems
life death and the
magic of
just plain words

Dallas Hull

schlichte Worte nur
mit schlichten Zeichen
rufen Wesen an
der andern Welt
zwischen Zeilen sie da gleichen
Zauberwörtern traumentstellt
was wir bringen zu Papier am Morgen
und Gedicht es nennen einfach dort
Tod und Leben sind verborgen
in dem Zauber durch das Wort

Ernst R. Schöggl, Salzburg, 1969

Der letzte Graf muss weg

Verbrechen sind nicht immer penibel geplant. Sie können auch aus dem Augenblick heraus spontan begangen werden. Die Triebfeder dazu wurde allerdings oft lange vorher gespannt, vielleicht schon in der Kindheit. Auch der Ausgang eines Verbrechens ist häufig nicht absehbar. Es kann eine gewaltige Eigendynamik entwickeln und weitere Verbrechen zur Folge haben. Ebenso unberechenbar ist, ob ein Verbrechen gesühnt und aufgeklärt wird, oder unentdeckt bleibt. Mitunter büßt auch ein Unschuldiger für das Verbrechen, oder ein Schuldiger wird anstelle eines noch Schuldigeren verhaftet, wie der folgende Fall zeigt.

Die Gruppe

Als Schneidermeister Lang wie jeden Morgen eine kleine Pause einlegte, um eine Tasse Tee zu trinken und die Salzburger Nachrichten zu studieren, geriet er in helle Aufregung. Schuld daran war der Bericht über ein Jubiläumstreffen ehemaliger Studenten der Bowling Green University of Ohio in Salzburg. Vor vierzig Jahren hatten sieben amerikanische Studenten ein Austauschjahr in der Geburtsstadt Mozarts verbracht, um Deutsch zu studieren, und hatten dabei als „die Gruppe" Aufmerksamkeit erregt und Eingang in die lokale Berichterstattung gefunden. Mittlerweile waren sie längst auseinandergegangen und wohnten verstreut über die Staaten von der Ost- bis zur Westküste. Doch nun sollten sie wieder auf dem Schauplatz ihrer Jugend zusammenkommen, statt fünf nur noch vier, dafür gereifte Herren und zwei Damen, was den Salzburger Nachrichten Anlass bot, darüber zu berichten, was aus den 68ern geworden war. Dies an sich brachte den Schneidermeister noch nicht aus der Ruhe, doch als er in dem Artikel die Namen der Mitglieder „der Gruppe" las, war einer darunter, der ihn wie elektrisiert hochfahren ließ:

Denis Hill aus dem Bundesstaat New York. Dieser Name hatte sich unauslöschlich in sein Gehirn eingebrannt. Als er ihn zum ersten Mal gehört hatte, war er gerade fünfzehn gewesen. Sein Vater hatte den Namen mehrmals mit bebender Stimme geäußert, bevor er einen Herzinfarkt erlitten hatte, an dessen Folgen er schließlich verstorben war. Die Mutter hatte die Änderungsschneiderei weitergeführt, und er war sofort aus dem Gymnasium ausgetreten, um die Lehre zu beginnen und so den Vater im Geschäft später ersetzen zu können. Eine Zeit voller Entbehrungen! Statt Revolten, Partys, Sex und Rock'n'Roll hatte es für ihn nun Nadel und Faden gegeben, den Kampf ums tägliche Überleben, viele Sorgen und eine große Verantwortung. Er musste seine Mutter unterstützen, konnte sie nicht einfach alleine lassen.

Und das alles wegen Denis Hill, den er nie kennen gelernt hatte. Der amerikanische Student war an einem Freitag zu seinem Vater ins Geschäft in Salzburg gekommen, in Begleitung eines weiteren Studenten, eines Österreichers, und hatte nach einem Leihanzug für den Universitätsball gefragt. Meister Lang konnte einen anbieten, allerdings mussten Rock und Hose etwas geändert werden. Der Student fing an zu jammern, er habe nicht so viel Geld, um neben der Leihgebühr auch noch eine Änderung zu bezahlen. Also ließ sich der Schneider überreden, die Änderung gratis durchzuführen, und das binnen 24 Stunden, da der Ball bereits am nächsten Tag stattfinden sollte. Der Student hatte kein Geld bei sich, so verzichtete der Schneidermeister sogar auf eine Vorauszahlung und notierte sich nur den Namen des Kunden: Denis Hill. Meister Lang arbeitete bis tief in die Nacht, um neben den bereits geplanten Arbeiten auch den Anzug zu ändern. Aber der wurde nie abgeholt. Nicht am Samstagmorgen, nicht am Nachmittag, nicht am Abend. Als Meister Lang den Anzug am Sonntag noch immer in seinem Arbeitsraum hängen sah, geriet er so sehr in Wut, dass sein Herz nicht mehr mitmachen wollte. Am Montag war er tot.

Der Vater war verstorben, aber seine Wut lebte tief im Inneren des Sohnes weiter. Jetzt kam sie hoch, kroch aus verborgenen Winkeln in jenen Bereich seines Gehirns, der für Planung und Kalkül zuständig war, durchspülte ihn bis in die Fingerspitzen, wo er ein Kribbeln verspürte. Die Stunde der Rache für seine entgangene Jugend war gekommen. No sex, no drugs, but satisfaction. So viel Englisch hatte er aus der Unterstufe am Gymnasium behalten. Am nächsten Tag würde „die Gruppe" einen Ausflug nach Oberösterreich machen, zu einem Rockkonzert bei der Burg Clam. Das traf sich gut! Lang kannte sich auf der Burg gut aus, kannte jeden Winkel. Und mit der dortigen Herrschaft hatte Lang ebenfalls eine alte Rechnung offen. Schon sein Vater hatte für die gräfliche Familie gearbeitet, und auch er selbst hatte verschiedenste Kreationen für die Herren und Damen von Clam entworfen. Doch zusehends war es bei den Entwürfen geblieben und die Aufträge zur Ausführung hatten auf sich warten lassen. Schließlich hatte Lang erfahren, dass ein ortsansässiger Schneidermeister seine Kreationen als Vorlage missbrauchte und danach Anzüge und Kleider zu weitaus günstigeren Konditionen herstellte.

Schneidermeister Lang rasierte seinen Vollbart ab, schlüpfte in einen schwarzen Pullover und Bluejeans. Niemand würde ihn so erkennen. Er setzte sich in sein Auto und fuhr nach Klam, wo er den Wagen außer Sichtweite der Burg parkte. Dort waren die letzten Vorbereitungen für das Rockkonzert auf dem Burggelände in Gang: Soundchecks, Getränkeanlieferung, Beleuchtungseinstellungen. Unzählige Leute liefen hin und her, Lang fiel unter ihnen nicht weiter auf. Um vom Burggelände ins Burginnere, in den VIP-Bereich, vordringen zu können, hatte sich Lang eigens einen Sticker angefertigt, der ihn als Hoflieferanten auswies. Der Schneidermeister platzierte sich in der Nähe des Eingangs zur Burg und wartete.

Eine Vorband begann zu spielen, langsam brach die Dämmerung herein. Zahlreiche VIPs waren schon an Lang vorbei weiter ins Burginnere flaniert, Politiker, Beamte, Geschäftsleute, Menschen, die sich gerne sehen und vom Burgherrn einladen ließen. Unterhalb der Burg stand oder saß das zahlende Volk, über 5000 Besucher. In welcher Verbindung die Amerikaner zur gräflichen Familie standen, wusste Lang nicht, es war ihm auch egal. Wichtig war ihm vor allem, dass ihn niemand von der gräflichen Familie erkannte, bevor er seinen Plan nicht ausgeführt hatte. Bei Graf Gero, der ungefähr gleich alt war wie er selbst, hatte er da kaum Bedenken. Die Dunkelheit und seine unauffällige Kleidung würden ihn sicherlich schützen. Die alte Gräfin hingegen hätte ihm schon gefährlich werden können, ihre Sinne waren ausgeprägt wie die eines Wildtieres. „Ich rieche den Schneider", pflegte sie zu sagen, wenn er im Anmarsch war, „ich brauche ihn gar nicht zu sehen." „Kaschmir und Seide", hatte Lang einmal geantwortet, worauf die Gräfin entgegnete: „Nein, Leder und Leinen."

Als „die Gruppe" in die Burg einmarschierte, war es gar nicht so schwer herauszufinden, wer von ihnen Denis Hill war. Lang hatte sich die Fotos in den alten Zeitungsausgaben angesehen. Wenn Hill auch etwas gebrechlich wirkte und mit Stock ging, so trug er zwischen den Falten und Runzeln doch noch eindeutig die kantigen Züge seiner Jugend. Es war ein leichter Wind aufgekommen und die grellen Scheinwerfer ließen gespenstische Schatten über die alten Gemäuer der Burg tanzen, die jetzt weitgehend im Dunkeln lag und nur von einzelnen Orientierungslichtern etwas erhellt wurde. Denis Hill hatte sich etwas abseits der anderen Gäste auf einen Sessel niedergelassen und lauschte der Musik. Lang näherte sich ihm von hinten. „Hello, Denis, how are you?" Hill fuhr herum und sah in ein ihm völlig fremdes Gesicht. „Sie können ruhig Deutsch mit mir sprechen. Aber wer sind Sie eigentlich?" „Schneidermeister Lang aus Salzburg. Kommen Sie doch kurz mit, ich möchte Ihnen etwas zeigen." Hill zögerte zunächst, ließ sich aber dann doch überreden, dem Schneider zu folgen. Irgendwie war er auch neugierig, was der fremde Mann von ihm wollen könnte. Lang führte den Amerikaner über mehrere Treppen hinauf in einen Raum, von dem aus man auf einen Balkon mit einer niedrigen steinernen Brüstung gelangte. Auf dieser Seite der Burg war es so dunkel, dass man von der Umgebung nichts mehr erkennen konnte. „Also, was wollen Sie mir denn zeigen? Man sieht hier ja gar nichts mehr", meldete der Amerikaner Zweifel an. Lang holte wortlos aus dem Karton, den er in seiner Verkleidung als Lieferant unter den Arm geklemmt hatte, einen schwarzen Anzug hervor. Hill verstand nicht. „Das ist Ihr Anzug, den Sie vor vierzig Jahren nicht abgeholt haben", sagte Lang. „Erinnern Sie sich?" „Nein", entgegnete Hill, obwohl seine Erinnerung schemenhaft zurückkehrte. „Mein Vater hat ihn damals für Sie geändert, ohne etwas dafür zu verlangen. Aber Sie haben es nicht der Mühe wert gefunden, das gute Stück abzuholen." „Und?", fragte Denis, der allmählich die Bedrohlichkeit der Situation erkannte und einen Schritt Richtung Brüstung zurückgewichen war. „Und mein Vater hat sich deswegen so aufgeregt, dass sein Herz nicht mehr mitmachte und er starb." Hill wollte noch etwas darauf erwidern, als sich der Schneider schon auf ihn warf und versuchte, ihn über die Brüstung in die Tiefe zu stürzen. Doch der Amerikaner war weit weniger gebrechlich, als es den Anschein machte. Er wich geschickt zur Seite aus, nützte den Schwung des Schneiders, versetzte ihm nur einen leichten Schlag und sein Körper kippte hinaus in die Dunkelheit. Hill erschrak, als er den dumpfen Aufprall erst nach einigen Sekunden hörte, die ihm wie Minuten vorkamen. Erst jetzt ahnte er, wie tief es von diesem Balkon nach unten gehen musste. Er bückte sich, hob den schwarzen Anzug auf und steckte ihn in den Karton zurück. Als er aufsah, versperrte ihm Graf Gero den Weg zurück ins Burginnere. „Der letzte Fenstersturz in unserer Familie liegt fast vierhundert Jahre zurück", sagte der Graf, „siebzehn Meter stürzte der arme Jaroslav Martinic damals vom Prager Hradschin in die Tiefe. Mein Vorfahr überlebte dank eines Misthaufens, aber der hier ist noch tiefer gefallen, und Misthaufen gibt es da unten keinen." „Ein Schneider aus Salzburg", stammelte Hill, „ich kenne ihn nicht." „Schneidermeister Lang?" „Kann sein. Er wollte mich umbringen." „Wieso denn das?" „Wegen einer lächerlichen Geschichte vor vierzig Jahren in Salzburg." Hill erzählte und Graf Gero hörte aufmerksam zu. Das Ganze kam ihm gar nicht so ungelegen. Vielleicht konnte er die Situation ausnutzen, um zu Geld zu kommen, zu viel Geld. Er hatte da eine Idee. Der Graf machte Hill ein Angebot: „Sie gehen jetzt zu ihren Leuten zurück, damit niemand Verdacht schöpft. Ich kümmere mich um den Anzug und die Leiche. Wir sehen uns in Amerika", setzte er noch nach.

Am nächsten Tag waren zwei Personen wie vom Erdboden verschluckt, der Schneidermeister und der Graf. Niemand vermutete irgendeinen Zusammenhang. Als die beiden nach einiger Zeit auch offiziell für vermisst erklärt wurden, ermittelte die Salzburger Polizei zu Lang, während die Linzer Kriminalisten sich dem gräflichen Fall Gero widmeten. Waren die Salzburger ohne jeglichen Anhaltpunkt, so fanden die Linzer immerhin Reste von Kleidungsstücken, die dem Herrn Grafen gehörten, und Schleifspuren, wenn auch keine Leiche. An einen Baum genagelt fand man einen Zettel, auf den mit aus Zeitungen ausgeschnittenen Großbuchstaben der Satz geklebt war: DER LETZTE GRAF MUSS WEG! Graf Gero hatte sich selbst immer als den letzten Grafen bezeichnet, weil sein Staatsbürgerschaftsnachweis tatsächlich noch den entsprechenden Eintrag aufwies. Der zuständige Oberamtsrevident war überzeugter Monarchist gewesen und hatte sich um die längst erfolgte Abschaffung der Adelstitel einfach nicht gekümmert. Als Graf Gero dann den Reisepass beantragte, kamen die Beamten ganz schön ins Schwitzen, als er das rechtsgültige Dokument vorlegte. Erst nach zahlreichen Rückfragen an höherer Stelle entschied man, den Titel in den Reisepass nicht einzutragen. Der Graf nahm es gelassen, so ersparte er sich wenigstens bei künftigen Kontrollen peinliche Fragen und Schikanen.

Und eben dieses adelsfreie Dokument war jetzt nicht mehr aufzufinden. Das machte die Ermittler zwar stutzig, aber trotzdem gingen sie aufgrund des aufgefundenen Zettels von Mord aus. Konkrete Ergebnisse blieben im Fall des Grafen allerdings ebenso aus wie im Fall des Schneiders. Daher lehnte auch die Versicherungsgesellschaft die Auszahlung der Lebensversicherung ab, als die Lebensgefährtin des Grafen mit der Polizze vorstellig geworden war. Die Auszahlungssumme belief sich auf über eine Million Euro. Erst müsse der Graf offiziell für tot erklärt werden, so die Begründung. Monate vergingen, Schneider und Graf blieben verschwunden.

Inferno

Ein ehemaliger Lateinprofessor eines Perger Gymnasiums hatte es sich in seiner Pension zur Aufgabe gemacht, sich als Schriftsteller zu versuchen und dabei für die Erhaltung von regionalen Kulturgütern einzutreten. Besonders Strindberg, der berühmte schwedische Dichter, und die Klamschlucht hatten es ihm angetan. Er arbeitete gerade an Texten für einen Folder, der Wanderer auf natur- und kulturgeschichtlich interessante Stellen in der Schlucht aufmerksam machen sollte. Dabei stieß er auf den so genannten Saustall, den Strindberg in seinem Inferno als „Kiste mit sechs Ofenluken“ beschreibt. Dieser Saustall existierte noch, allerdings waren es nicht sechs, sondern sieben Luken. War der Saustall restauriert oder umgebaut worden, oder hatte sich Strindberg geirrt? Dieser Frage wollte der Professor nachgehen. Er steckte Maßband und Werkzeug in eine Tasche und begab sich in die Schlucht. Es herrschte Strindbergwetter, wie die Einheimischen es nannten, es war nebelig, feucht und kalt. An solchen Tagen verirrte sich nur selten ein Wanderer in die Klamschlucht. Der Professor war allein und ungestört. Er fotografierte den Saustall, fertigte Skizzen an, vermaß Luke um Luke. Es waren tatsächlich sieben, und eine davon war mit einem

Vorhangschloss versperrt. „Das ist sicher keine hundert Jahre alt“, murmelte er vor sich hin und überlegte, ob er das Schloss entfernen sollte. Eigentlich hatte er keine Befugnis dazu, aber wem würde es schon auffallen, wenn das Schloss fehlte? Er schraubte es kurzerhand ab. Als er die Luke öffnete, zuckte er zurück. Ein widerlicher Geruch drang in seine Nase. Er leuchtete mit der Stablampe ins Innere, sah zuerst Stoffreste und dann – eine verweste Leiche. Strindbergs Höllenvision war zur Realität geworden! Als der Professor einen zweiten Blick ins Innere wagte, löste sich das Rätsel um die Anzahl der Luken: Diese ging ohne Trennwand in die angrenzende über. Der Professor überlegte kurz, ob er nicht selber die Leiche freilegen sollte. Er hatte Angst, die Polizei könnte das Kulturdenkmal bei der Bergung der Leiche beschädigen oder gar zerstören. Andererseits wollte er nicht selbst kriminell werden und er vertraute auch seinem Magen nicht, ob der mit den stinkenden Überresten zurande kommen würde.

Es dauerte lange, bis die Herren von der Polizei anrückten. Der Professor wurde einvernommen, dann wurde vermessen, fotografiert, ein Arzt kam hinzu, dann die Spurensicherung und zuletzt der Herr Chefinspektor aus Linz, der den Altphilologen noch einmal befragte. Die Bergung der Leiche gestaltete sich einigermaßen schwierig, vor allem weil der Professor immer wieder ungebeten mit Anweisungen und Tipps die Arbeit unterbrach. Schließlich wurde es Chefinspektor Leopold Dörr zu bunt und er ließ den Störenfried vom Schauplatz abführen. Dieser maulte vor sich hin, sprach von Aufsichtsbeschwerde, behördlicher Willkür, dass er den Landespolizeikommandanten persönlich kenne, ebenso den Landeshauptmannstellvertreter, den Bezirkshauptmann und den Bürgermeister, bis Dörr seinerseits unwirsch wurde und meinte, er solle endlich den Mund halten. Als die Leiche geborgen war und der Saustall unversehrt noch immer dort stand, wo er gewesen war, beruhigte sich der Altphilologe endlich und entschuldigte sich bei Dörr: „Wissen Sie, die Kultur geht mir über alles." Der Chefinspektor entgegnete lächelnd: „Auch die Aufklärung von Verbrechen ist ein Teil unserer Kultur."

Die Leiche wurde zu weiteren Untersuchungen in die Gerichtsmedizin gebracht. Dass es sich nicht um den verschwundenen Grafen handelte, stand bald fest. Auf den Schneider aus Salzburg kam man erst, als Tage später der ungefähre Todeszeitpunkt mit den zu dieser Zeit als verschwunden gemeldeten Personen verglichen werden konnte. Damit war die Verbindung zwischen den beiden Fällen geschlagen, wenn auch noch reichlich schemenhaft. Der Kreis der möglichen Täter war aufgrund des gut besuchten Rockkonzert natürlich von immensen Ausmaßen. Doch als man auf der Suche nach der wohlbekannten Stecknadel im Heuhaufen die Liste der VIPs, die im Gästebuch der gräflichen Familie aufbewahrt wurde, durchging und dabei auf „die Gruppe" aus den USA stieß, zu der in der Wohnung des Schneidermeisters Lang mehrere Zeitungsartikel gefunden worden waren, nahm Dörr sofort Witterung auf. Der Chefinspektor beantragte nach dem Motto „Probieren geht über Studieren" eine Dienstreise in die Staaten. „Das kommt viel billiger, als wenn man alle nach Österreich vorladen lässt", untermauerte er seine Forderung. Die Genehmigung für die Dienstreise ließ einige Zeit auf sich warten, als jedoch die Versicherungsgesellschaft des Grafen auch ihre Kräfte spielen ließ, wurde sie schließlich erteilt.

Die Leiche des Schneiders war längst beerdigt, als Dörr in Boston landete und mit der Eisenbahn weiter nach Pittsfield, Massachusetts, fuhr. Nur wenige Kilometer entfernt, aber schon im Bundesstaat New York, wohnte Denis Hill in seinem Waldhaus. Er hatte keine Ahnung von Dörrs bevorstehendem Besuch, denn dieser hatte die amerikanischen Behörden zwar ersucht, ihm die genauen Wohnadressen und Lebensumstände „der Gruppe" zur Verfügung zu stellen, aber gebeten, absolutes Stillschweigen über seine Nachforschungen zu bewahren. Hill war also einigermaßen überrascht, als ein Chefinspektor aus Österreich in Begleitung von zwei amerikanischen Beamten vor seiner Tür stand. Zunächst gab Hill an, den Schneider nicht zu kennen, auch nicht den Grafen, verwickelte sich aber bei seinen weiteren Äußerungen so sehr in Widersprüche, dass man ihm die Verhaftung androhte. Als einer der Beamten bei einem zufälligen Blick auf den Schreibtisch schließlich ein Foto des Grafen zusammen mit Hill vor dessen Waldhaus entdeckte, war die Verhaftung besiegelt. Der Graf war also hier gewesen, und dies nach seinem Verschwinden, wie das Datum auf der Rückseite des Fotos bewies.

Dörr besuchte auch die anderen fünf noch lebenden Mitglieder „der Gruppe", New York und San Francisco waren die nächsten Stationen. Alle wurden einvernommen, aber keiner konnte zur Klärung des Falles Entscheidendes beitragen. Immerhin hatte Dörr einige Regionen der USA kennen gelernt, bevor er nach Europa zurückkehrte. Kurz nach seiner Heimkehr wurde ihm mitgeteilt, dass Hill aus der Untersuchungshaft wieder entlassen worden war. Seine Geschichte war zwar kurios, konnte aber tatsächlich der Wahrheit entsprechen. Es war durchaus vorstellbar, dass der Schneider aus Eigenverschulden über die niedere Brüstung des Balkons gestürzt war, für einen Tod durch Fremdverschulden gab es keinen Beweis. Auch für unterlassene Hilfeleistung konnte Hill nicht verantwortlich gemacht werden, denn dass er gehörig unter Schock gestanden hatte, war nur plausibel. Und seine Behauptung, mit der Entsorgung der Leiche im Saustall nichts zu tun zu haben, davon absolut nichts gewusst zu haben, klang durchaus glaubhaft.

Der Schneider war tot, das stand fest. Ob es ein Unglücksfall war oder doch Mord, war nicht erwiesen. Und wenn es Mord war, wer war dann der Mörder? Hill, der Graf oder jemand anderer? War vielleicht auch die Lebensgefährtin des Grafen involviert? Rätsel über Rätsel! Dörr sah, dass der einzige Schlüssel zu diesem Fall in der Person des Grafen lag. Der letzte Graf musste her! Aber war der noch in den USA oder schon wieder in Europa? Adelige haben überall ihre Verbindungen, können leicht bei ihren Artgenossen längere Zeit untertauchen. Oder lag er doch als Leiche irgendwo vergraben? Dörr fluchte vor sich hin. Wo sollte er seine Suche beginnen? Vielleicht doch bei der Lebensgefährtin? „Frauen sind manchmal der schwache Punkt im Leben eines Mannes", dachte Dörr, „wenn er noch lebt, nimmt er sicher Kontakt zu ihr auf." Schließlich sollte sie ja auch das Geld von der Versicherung kassieren. Als ihn die gelassene Dame empfing, versuchte es Dörr kurz entschlossen mit Einschüchterung: „Sie sollten Gott darum bitten, dass der Graf noch lebt und dass wir ihn bald finden, denn sonst bleibt alles bei Ihnen hängen und Mord heißt lebenslang." Aber die Dame zuckte nur mit den Achseln. Dörr sah allmählich seine Felle davonschwimmen. Wieder vergingen Wochen.

Als sie sich nicht mehr meldete, rief er an. „Du sollst mich doch nicht anrufen", sagte sie, „auch nicht auf diesem Mobiltelefon." „Ein Telefon, von dem niemand weiß, dass es dir gehört, wird nicht überwacht", sagte Hill. „Was ist jetzt mit dem Geld? Zahlen sie noch immer nicht?" „Nein, er muss erst für tot erklärt werden. Das kann Jahre dauern." „Und das hat dieser Trottel von Graf nicht gewusst?" „Er hat geglaubt, dass das viel schneller geht, wenn sie auf die gelegten Spuren hereinfallen. Damit, dass so ein verrückter Professor im Saustall herumschnüffelt, konnte doch wirklich niemand rechnen." „Und was machen wir jetzt?" „Warten, was sollen wir denn sonst tun?" „Komm herüber in die Staaten. Wir brauchen einen neuen Plan. Irgendetwas wird uns schon einfallen." „Bist du verrückt? Dass gleich alles auffliegt!" „Du kannst ja unter falschem Namen einreisen, nimm den Pass deiner Zwillingsschwester." Sie legte auf.

Hill war ratlos. Er hatte keine Ahnung, wo der Graf sich gerade aufhielt. Seit die Leiche des Schneiders entdeckt worden war, war er wie vom Erdboden verschluckt. Gero hatte scheinbar gewusst, dass die Polizei kommen würde, denn er war kurz vorher verschwunden und seither nicht mehr in die Waldhütte in der Nähe des Hauses von Hill zurückgekehrt. Auch Essen und Trinken hatte er nicht mehr aus Hills Vorratskammer geholt. Die angebrochene Whiskyflasche war noch immer halb voll. Er war wohl gewarnt worden. Von ihr? Oder von jemand anderem? Hill wusste es nicht. Ihn hatte er hingegen in die Falle tappen lassen, er war nicht gewarnt worden, das machte Hill äußerst misstrauisch. Er musste auf der Hut sein. Er traute weder dem Grafen noch seiner Lebensgefährtin und schon gar nicht der Polizei. Was mochte der Graf im Schilde führen? Er hatte einmal von Thailand gesprochen, ein anderes Mal von Australien, dann wieder von England, wo er im Norden, in Durham, angeblich ein paar Semester an der Universität studiert hatte. Aber es war äußerst unwahrscheinlich, dass sich Gero ohne das Geld schon irgendwohin abgesetzt hatte. Hill bangte um seinen versprochenen Anteil. Ob er die Zweihunderttausend je sehen würde? Er bereute es längst, sich auf den Vorschlag des Grafen eingelassen zu haben.

Wahre Freundschaft

Diesmal war es kein verrückter Lateinprofessor, der herumschnüffelte und auf eine Leiche stieß, sondern ein Polizeihund. Ganz in der Nähe der Hütte war sie im Waldboden verscharrt worden. Die Leiche wies oberhalb des Nasenflügels ein Einschussloch auf. Denis Hill wurde sofort verhaftet. Er konnte leugnen, so viel er wollte, die Beweislast war erdrückend, denn auch die Tatwaffe hatte man in seinem Haus gefunden. Dörr hatte die Kollegen in Amerika telefonisch um den Polizeieinsatz gebeten, nachdem er ein anonymes Mail mit folgendem Wortlaut erhalten hatte: „Suchen Sie den letzten Grafen bei Denis Hill!“ Daneben eine Skizze mit einem Kreuz.

Dörrs erster Besuch galt neuerlich Geros Lebenspartnerin. Die aber schwieg nach wie vor und zuckte nur mit den Achseln.

„Jetzt muss die Versicherung zahlen", sagte sie kühl, „jetzt gibt es eine Leiche." Ihr war nichts nachzuweisen, da konnte Denis Hill behaupten, was er wollte. Dass sie in Amerika gewesen sei, bestritt sie. Auf den Passagierlisten konnte ihr Name auch wirklich nicht gefunden werden. Wenn sie doch die Täterin war, dann war sie unter falschem Namen gereist. Das Geld der Versicherung hatte sie nun jedenfalls zur Gänze für sich, es sei denn, es war noch jemand Unbekannter mit im Spiel. War sie die Mörderin, dann hatte sie alles sehr schlau eingefädelt.

Der Prozess gegen Denis Hill fand in Amerika statt, sie war als Zeugin geladen, erschien aber wegen angeblicher Krankheit nicht. Sie legte ein ärztliches Attest vor, das ihr Reiseunfähigkeit auf unbestimmte Zeit bescheinigte. So wurde sie in Österreich im Beisein eines amerikanischen Beamten, der Deutsch konnte, einvernommen. Wie immer gab sie sich völlig unwissend, zuckte nur mit den Achseln. Hill wurde verurteilt und sie kassierte die fette Lebensversicherung. Die Boulevardpresse widmete ihr fette Schlagzeilen: Die wilde millionenschwere Barbara war in der Männerwelt heiß begehrt, ließ aber jeden abblitzen, kaufte sich eine Wohnung und lebte fortan in der Anonymität der Großstadt. New York war immer ihr Traum gewesen. Offensichtlich hatte das viele Geld eine heilende Wirkung gehabt und sie war rasch wieder gesundet.

Steve Hermes, einer „der Gruppe", war ein erfolgreicher Anwalt in New York. Damals in Salzburg hatte er öffentlich verkündet, er wolle der neue Direktor der Stieglbrauerei werden, diesen Plan hatte er aber nie weiter verfolgt. Mittlerweile sammelte er Weingläser anstelle der Maßkrüge, war aber nach wie vor eng mit Denis Hill befreundet. Dörr hatte ihn auf seiner Amerikareise aufgesucht, wodurch er von dem Fall erfahren hatte. Als Hill nun verhaftet worden war, beschloss Hermes, auf eigene Faust zu recherchieren. Er war überzeugt davon, dass Hill unschuldig war. Barbara musste unter falschem Namen nach Amerika geflogen sein und den Grafen erschossen haben, um endlich an das Geld zu kommen. Sein Freund Denis log ihn nicht an, da war sich Hermes ganz sicher. Er musste den Waffenhändler finden, bei dem Barbara die Mordwaffe gekauft hatte. Dass sie die Waffe in den Staaten besorgt hatte, war wohl offensichtlich, denn mit einer Waffe wäre sie nie durch die strengen amerikanischen Sicherheitsvorkehrungen an den Flughäfen gekommen. Beziehungen zur Unterwelt traute er ihr nicht zu, also begann er seine Suche bei den Waffenhändlern im Raum Boston und New York, wo er vermutete, dass sie gelandet war. Ein Kauf in einer dieser beiden Großstädte schien ihm weitaus wahrscheinlicher als ein Geschäft in einer Kleinstadt, wo Barbara doch durch ihren Akzent einigermaßen auffällig gewesen wäre. Steve ließ alle in Frage kommenden Waffenhändler in Boston und New York von Detektiven, die mit Barbaras Foto ausgestattet waren, abklappern. Es dauerte lange, bis einer fündig wurde. Die Waffe war sogar registriert. Hermes besuchte den Händler gemeinsam mit dem Detektiv ein zweites Mal. „Ist Ihnen bei der Dame etwas aufgefallen, erinnern Sie sich an irgendeine Besonderheit?“ „Sie war keine Amerikanerin, das merkte ich an ihrem Englisch. Da habe ich mich dann schon ein wenig gewundert, dass sie einen typisch amerikanischen Namen angab.“ „Kann ich den einmal sehen?“, bat Hermes und las: Joy Ellen Hill und eine ihm unbekannte Adresse in der Nähe von Pittsfield. „So ein Luder“, entfuhr es dem Anwalt, „Joy Ellen heißt die geschiedene Frau von Hill. Womöglich stimmt auch noch die Adresse.“ Er wandte sich wieder an den Waffenhändler: „Wären sie bereit, die Käuferin vor Gericht zu identifizieren?“ „Kommt drauf an, was Ihnen mein Erinnerungsvermögen wert ist“, antwortete der Waffenhändler ganz ungeniert. Ohne weiteren Kommentar verließ Hermes das Geschäft, der Detektiv folgte ihm leicht verwirrt. „Dieser windige Hund ist ein Fressen für jeden halbwegs gewieften Verteidiger“, erklärte Hermes, „auf den können wir uns nicht verlassen.“ „Es gibt vielleicht doch eine Möglichkeit, der Dame nachzuweisen, dass sie zur fraglichen Zeit in den USA war“, überraschte nun der Detektiv den Anwalt. „Und die wäre?“ „Der Fingerprint. Der Fingerprint, der jedem Passagier in den USA bei der Einreise abgenommen wird. Damit könnte man nachweisen, dass sie unter falschem Namen eingereist ist. Wenn ihr Fingerabdruck noch gespeichert ist, dann haben wir sie.“ Hermes griff den angebotenen Faden sofort auf und spann ihn weiter. „Wir brauchen einen Fingerabdruck von ihr, um ihn vergleichen zu können. Nein, warte! Es müsste ja von ihr ein zweiter Abdruck vorhanden sein, als sie zum zweiten Mal einreiste, endgültig. Das tat sie sicher unter ihrem richtigen Namen. Es müssen also zwei identische Fingerabdrücke mit zwei verschiedenen Namen existieren. Die müssen nur den Computer füttern, dann haben wir sie“, rief Hermes aus und schritt sofort zur Tat.

Die Sicherheitsbeamten staunten nicht schlecht, als der Computer tatsächlich zwei verschiedene Namen zu ein und demselben Fingerprint ausspuckte. Die Dame hatte jetzt einigen Erklärungsbedarf. Spätestens jetzt bereute Barbara, New York als Aufenthaltsort gewählt zu haben, denn die Gefängnisse sind auch dort keine Luxusherbergen. Hill wurde entlassen, jetzt fehlte nur noch das Geld. Bei den Einvernahmen tischte Barbara eine schier unglaubliche Geschichte auf. Sie behauptete, der Graf sei noch am Leben und sei mit dem Geld verschwunden, nach Australien, Thailand oder England. „Und wer ist der Erschossene im Wald?“, wurde sie gefragt. „Ein obdachloser Streuner, der sich in der Waldhütte eingenistet hat. Der ist gerade recht gekommen. Schließlich haben wir ja eine Leiche gebraucht, für die Versicherung. Diesmal ist die Polizei auf die gefälschten Spuren wirklich hereingefallen.“ „Und welche Rolle hat Hill dabei gespielt?“ „Er hat die Leiche falsch identifiziert, dafür sollte er seinen Anteil an der Versicherungssumme bekommen. Allerdings hat der Graf auch ihn hereingelegt und die Waffe bei ihm versteckt. So wie er mich ausgetrickst hat, dieser Schuft!“ Aber man glaubte ihr nicht. Es war auch einfacher so und billiger noch dazu. Sonst hätte man die Leiche des Obdachlosen exhumieren und identifizieren, den Grafen und das verschwundene Geld suchen, Hills Mitwisserschaft klären, am Ende noch grobe Ermittlungsfehler zugeben müssen. Und dann noch die Sache mit den Fingerprints, nicht einmal das hatte funktioniert! Einmal musste doch Schluss sein mit dieser unendlichen Geschichte!

Barbara war verzweifelt, aber es nützte nichts, sie hatte verloren, nicht nur viel Geld. „Und Sie, glauben Sie mir auch nicht?“, fragte sie Dörr, der bei einer der Einvernehmungen anwesend war. Diesmal blieb er ihr die Antwort schuldig. Er sagte nur: „An der ganzen Misere sind Sie wohl selber schuld. Sie haben von Anfang an gewusst, dass es sich um Versicherungsbetrug handelt, von den beiden Toten einmal ganz zu schweigen.“ „Den Betrug hat er begangen, er hat aus der Ablebensversicherung eine Erlebensversicherung gemacht.“ „Aber kassiert haben Sie das Geld, meine Liebe, und das ist noch nicht alles, Sie haben bei einem Händler in den Staaten die Waffe gekauft, Sie haben mit Graf Gero gemeinsame Sache gemacht. Das war Ihr Fehler.“ „Ja, das war mein Fehler.“

Der letzte Graf und das Geld blieben verschwunden, Barbara blieb hinter Gittern. Und Hill? Der ging ins Kloster. So reihte sich der Fall in die Reihe der Fälle ein, die scheinbar geklärt waren, aber eben nur scheinbar.

KLAM – SAXEN/DORNACH

Von Klam gelangt man durch die berühmte Klamschlucht mit ihren zahlreichen Attraktionen nach etwa einer Stunde Gehzeit (ev. Abstecher zur barocken Stiftskirche Baumgartenberg) nach Saxen (Strindbergmuseum und Naturinformationszentrum). Von Saxen bis zum Schloss Dornach sind es rund zwei Kilometer. Dank einem Tiroler Architekten und seiner Gattin erstrahlt das Schloss in neuem Glanz. Den beiden ist die folgende Geschichte gewidmet, die wiederum frei erfunden ist.

Der Geist von Dornach

Schlösser haben meist eine lange, großteils sagenumwitterte Tradition. Aber auch um so manchen Schlossherrn und so manche Schlossherrin ranken sich Geheimnisse und Spukgeschichten, so wie in Dornach bei Saxen.

Als den in einer Vollmondnacht somnambulierenden Schlossherrn die Karambolage mit einem offen stehenden Fensterflügel weckte, erblickte er ein Boot, das sich, von heftigen Ruderschlägen angetrieben, der so genannten Strindberginsel näherte. Schlaftrunken rieb er sich die Augen, dann holte er ein Fernglas aus dem Nebenzimmer. Als er wieder zum Schlafzimmerfenster zurückkam, war nichts mehr zu sehen. „Seltsam", murmelte der alte Herr, „wirklich seltsam." „Was ist seltsam?", fragte seine Gattin, die wach geworden und hinter ihn getreten war. „Da rudert jemand mitten in der Nacht auf die Strindberginsel", antwortete der Schlossherr. „Du hast geträumt! Es ist Vollmond. Nicht einmal bei Tag habe ich je irgendwen auf die Insel rudern sehen. Und jetzt ist es drei Uhr früh." „Da war aber jemand", beharrte der Schlossherr. „Vielleicht war es Strindberg?", merkte sie sarkastisch an. Der schwedische Dichter, der Ende des 19. Jahrhunderts kurzzeitig im Schloss Dornach und dann im danebenliegenden Häusel gewohnt hatte, soll nahezu täglich die Post von Ardagger geholt haben, indem er mit einer Zille die Donau zunächst bis zur Insel überquerte, wo dann am jenseitigen Ufer eine zweite Zille lag, mit der er weiter nach Ardagger hinübergerudert sein soll. So behaupten es zumindest die Literaturforscher.

Die Schlossherrin hatte sich sofort in den herrlichen Ausblick auf die Donau, hinüber nach Ardagger verliebt, als sie mit ihrem Mann das Anwesen besichtigt hatte. Eine Bank hatte es aus einer Konkursmasse heraus zum Verkauf angeboten. Der Schlossherr, ein pensionierter Architekt, kümmerte sich nun voller Tatendrang um die aufwendige Restaurierung, während seine Gattin zumeist das gemeinsame Anwesen in Tirol betreute und nur ab und an vorbeikam, um den Ausblick zu genießen. Auch nachts vermittelte die Szenerie einen eigenartigen Zauber, hatte fast etwas von einer Märchenkulisse an sich, weshalb die Schlossherrin die Beobachtung ihres Mannes ins Reich der Fantasie einordnete und wieder ins Bett ging, während ihr Mann wach blieb und nachdachte.

Am nächsten Vormittag stieg er hinunter zum Donauufer, wo tatsächlich ein Boot festgemacht war. Er hatte sich also nicht getäuscht. Der Wirt vom alten Steinhaus, das an der Bundesstraße zwischen der Naarnmündung und einem Steinbruch samt Badesee lag, fiel ihm ein. Vielleicht wusste der, wem das Boot gehörte. „Das weiß ich nicht, vielleicht der Gemeinde Saxen oder dem Fischereiverband“, lautete dessen Antwort, als er dem Schlossherrn das gewünschte Glas Bier serviert hatte, „normalerweise werden die Boote von Fischern benutzt.“ „Die Boote? Da unten liegt nur eines.“ „Soviel ich weiß, sind es zwei“, sagte der Wirt, „aber ich kann mich auch täuschen.“ „Und werden die Boote viel benutzt? Ich habe nämlich noch nie jemand damit fahren gesehen.“ „Eher selten, meist sitzen die Fischer nur drinnen, ohne sie loszumachen. Wollen Sie denn eine Ruderpartie machen?“ „Nein“, lachte der Schlossherr, „es hat mich nur so interessiert. Strindberg ist ja jeden Tag nach Ardagger hinübergerudert und hat die Post geholt." „Strindberg?", fragte der Wirt, „den kenne ich nicht." „Das ist auch schon mehr als hundert Jahre her", sagte der Schlossherr, „Strindberg war ein Dichter, der eine Zeit lang im Schloss gewohnt hat." „Was hat er denn geschrieben? Gedichte?" „Nein", antwortete der Schlossherr, „mehr Theaterstücke und Prosa." „Aha", sagte der Wirt, der nicht wusste, was Prosa war. Um aus der eher unfruchtbaren literarischen Unterhaltung wieder herauszukommen, lenkte der pensionierte Architekt das Gespräch auf das Steinhaus, dessen mächtige Granitquader bereits seit Jahrhunderten sämtlichen Hochwässern trotzten. Damit hatte er, wie er aus Erfahrung bereits wusste, ein Thema berührt, dessen Erörterung zumindest für noch ein zweites Glas Bier ausreichte.

Ein paar Tage später, seine Gattin war wieder nach Tirol zurückgefahren, machte der Schlossherr neuerlich eine seltsame Beobachtung mitten im Dunkel der Nacht. Draußen war es föhnig, es war ein ungewöhnlich warmer September, die Temperaturen fielen auch nächtens kaum unter zwanzig Grad. Das Fenster zur Donau stand offen stand, ein sanfter Wind wehte ins Zimmer, als der Schlossherr munter wurde. Von der Donau her war ein Gesang zu vernehmen, vielleicht ein Radio, das irgendwo lief. Er begab sich ans Fenster, blickte in die Dunkelheit. Sehen konnte er gar nichts, doch hörte er jetzt deutlich, dass eine Frauenstimme von der Strindberginsel herüberklang, keineswegs aufdringlich, sondern in sanften Wellen vom Wind getragen, einmal lauter, dann wieder kaum vernehmbar. Verwundert legte er sich wieder hin und lauschte, der Gesang gefiel ihm. Alsbald schlief er wieder ein.

Am nächsten Morgen stieß der Schlossherr beim Durchblättern der Zeitung auf einen Bericht über ein vermisstes Mädchen aus Saxen. Sie hätte mit dem Zug nach Baumgartenberg ins dortige Gymnasium fahren sollen, war aber an dem besagten

Tag nicht in der Schule erschienen. Der Klassenvorstand hatte sofort ihre Eltern angerufen, weil für den darauf folgenden Tag der Besuch einer Theatervorstellung in Linz auf dem Programm stand und er wissen wollte, ob das Mädchen an dem Ausflug teilnehmen würde oder nicht. Die Eltern waren alarmiert. Am vorangegangenen Abend hatten sie ihre Tochter zum letzten Mal gesehen. Der Vater hatte sich früh schlafen gelegt und das Haus zeitig des Morgens verlassen, die Mutter war zu einer Damenrunde aufgebrochen und erst um drei Uhr in der Nacht heimgekommen. Sie hatte angenommen, die Tochter würde im Bett sein, hatte nicht nachgesehen und sich ebenfalls zu Bett gelegt. Als sie aufgestanden war, hätte die Tochter schon längst in der Schule sein müssen. Sie suchten ihre Tochter sofort bei verschiedenen Bekannten und Freunden, doch niemand wusste, wo sie stecken könnte. Die Polizei wurde verständigt, eine Vermisstenanzeige verfasst.

Die Beamten trösteten die Mutter zunächst, dass dies kein Einzelfall sei und dass sie schon wieder auftauchen werde. Meistens stecke ein Konflikt mit dem Elternhaus dahinter oder Probleme in der Schule, Anlass des Verschwindens sei häufig auch ein männliches Wesen. Die Mutter beteuerte zwar, dass es keine größeren Probleme gegeben habe, weder daheim noch in der Schule, und dass sie sich auch nicht vorstellen könne, dass Liebeskummer mit im Spiel sei, doch tat man die Sache bei der Polizei zunächst als pubertäre Angelegenheit ab. Erst drei Tage später, als das Mädchen noch immer nicht aufgetaucht war, gab man eine Fahndung hinaus. Erst dann gab man offiziell zu, dass ein Verbrechen oder ein Unglücksfall nicht ausgeschlossen werden könnten. Befragungen ergaben, dass niemand das Mädchen in den Zug hatte einsteigen sehen, also nahm die Polizei an, dass sie gar nicht zum Bahnhof in Saxen gegangen war. Aber wohin war sie gegangen, nachdem sie das Elternhaus verlassen hatte?

Der Zeitungsbericht endete mit dieser Frage. Der Schlossherr dachte an den nächtlichen Gesang und begann zu rechnen. Die junge Dame war genau in jener Nacht verschwunden, als er das Boot auf der Donau beobachtet hatte. Schnell entschlossen stieg er in sein Auto und fuhr wieder zum Steinhaus. Er fragte den Wirt, ob er jemanden kenne, der ihn auf die Insel auf der Donau rudern könne. In Erinnerung an die Unkenntnis des Gastronomen verwendete er lieber nicht die von ihm selbst kreierte Bezeichnung Strindberginsel. „Klar", sagte der Wirt, „das mache ich gleich selber, ich war ohnehin schon lange nicht mehr da drüben. Jetzt ist gerade nicht viel los bei uns, das schafft die Tina schon alleine."

Als sie an der Anlegestelle ankamen, lagen dort zwei Boote. „Neulich war nur ein Boot da", bemerkte der Schlossherr. „Aber jetzt wissen wir, dass es zwei sind. Vielleicht war jemand mit dem anderen gerade drüben auf der Insel", sagte der Wirt, „auch wenn das selten vorkommt, weil sie meistens gleich herüben fischen." „Oder es war kein Fischer, sondern jemand, der sich das Boot einfach genommen hat", überlegte der pensionierte Architekt. „Ein Liebespaar vielleicht", schmunzelte der Wirt. Der Schlossherr musste an das vermisste Mädchen denken, sagte aber nichts. Die beiden stiegen in eines der Boote, der Wirt nahm die Ruder in die Hand. „Eigentlich hätten wir auch zu Fuß hinübergehen können, da ist ja fast kein Wasser in der Donau", stellte er fest, „aber so ist es wohl romantischer." Erst jetzt fragte er: „Wieso wollen Sie überhaupt auf die Insel?" „Ich sehe sie jeden Tag von meinem Fenster aus. Deshalb möchte ich sie auch einmal betreten." „Klar", sagte der Wirt, „das kann ich verstehen. Aber viel werden Sie da nicht sehen, es ist alles ziemlich verwachsen, sie ist kaum begehbar. Manchmal kommen im Sommer Jugendliche her und zünden ein Lagerfeuer an. Aber zum Zelten ist schon wieder fast kein Platz dort, bei dem vielen wilden Gestrüpp. Groß ist die Insel ja nicht, etwas für Romantiker halt, aber nichts für die bequemen jugendlichen Romantiker von heute." „Die bequemen jugendlichen Romantiker sitzen wohl lieber bei Bier und Wein in Ihrem Gastgarten", merkte der Schlossherr an. Der Wirt reagierte nicht auf die Bemerkung, sondern sprach weiter von der Insel. „Man muss schon auch vorsichtig sein, am diesseitigen Ufer ist es ja kein Problem, aber drüben, auf der Ardaggerseite, wo die Schiffe fahren, da kann es ganz schöne Wellen geben. Da muss man schon aufpassen, wenn man zu nahe am Ufer sitzt. Es ist schon vorgekommen, dass dort den Leuten die Sachen fortgeschwemmt worden sind. Einmal hat sich sogar ein Boot losgerissen und ist donauabwärts getrieben, und die jungen Leute sind halbnackt am Ufer gestanden und haben geschrien und gewunken, bis ein vorbeifahrendes Polizeiboot sie aus ihrer prekären Lage gerettet hat. Aber auf der Dornacherseite kann das wohl kaum passieren." „Und wie kommt man ans andere Ufer?", wollte der Schlossherr wissen. „Es gibt einen Trampelpfad hinüber auf die andere Seite der Insel, mitten durchs Gestrüpp. Der ist zwar oft glitschig und morastig, aber bei diesem trockenen Wetter heute kann man schon hinübergehen."

Geschickt steuerte der Wirt eine kleine Bucht an, befestigte das Boot und half dem älteren Herrn beim Aussteigen. Sie gingen ein Stück westwärts am Ufer entlang, von dort führte ein schmaler Pfad hinein ins Gestrüpp. Immer wieder mussten die beiden Äste und Zweige zur Seite biegen, um voranzukommen. Die Insel war relativ flach und von kleinen Tümpeln übersät. Ein Paradies für Insekten! Es war wie im Urwald, nur war es ein recht begrenzter, da zwischen den Bäumen und Sträuchern immer wieder das gegenüberliegende Ufer durchschimmerte. Der typische Geruch des Donauwasser war intensiv, aber nicht unangenehm. Der Schlossherr empfand ihn sogar als wohltuend. Am anderen Ufer angelangt, suchte der Schlossherr mit seinen Blicken den Boden ab. „Suchen Sie etwas Bestimmtes?", fragte der Wirt. „Nicht wirklich", antwortete der Schlossherr, erzählte nun aber doch von seinen seltsamen nächtlichen Beobachtungen der Insel. „Unlängst habe ich in der Nacht ein Boot gesehen, das Richtung Insel gerudert wurde, ich konnte aber niemanden darauf erkennen, trotz Vollmond. Und letzte Nacht habe ich Geräusche gehört, die von der Insel herüberdrangen." „Geräusche? Welche Geräusche?" „Gesang, eine Frauenstimme. Ich konnte sie deutlich hören." „Vielleicht war in Ardagger drüben ein Fest oder jemand war betrunken und grölte so laut, dass Sie es herüben hören konnten." „Nein", sagte der Schlossherr bestimmt, „das war kein Gegröle und es kam auch nicht aus Ardagger, da bin ich ganz sicher. Und geträumt habe ich auch nicht." Der Wirt sagte nichts mehr darauf und schaute seinem Begleiter schweigend zu, wie dieser weiter aufmerksam das Ufer absuchte. Nach einer Weile meinte er: „Sieht nicht so aus, als ob in letzter Zeit jemand hier gewesen wäre." „Dann fahren wir zurück", sagte der Schlossherr, „immerhin habe ich jetzt gesehen, wie es da ausschaut. Und der Blick hinüber nach Ardagger ist von hier ein ganz anderer als von meinem Schloss aus." „Inwiefern?", fragte der Wirt erstaunt. „Es ist viel näher", sagte der Schlossherr und musste selber lachen über seine Antwort.

Die beiden zwängten sich auf dem Pfad wieder durchs Gestrüpp zurück zum Boot, als sich der Schlossherr plötzlich bückte und ein Mobiltelefon aufhob, auf das er getreten war. „Es war also doch jemand da", sagte er. „Fragt sich nur, wann", entgegnete der Wirt, „funktioniert das Ding?" „Nein, vielleicht ist aber auch nur der Akku leer." „Ein Mädchen aus Saxen ist verschwunden", sagte nun der Wirt und sprach damit aus, was den Schlossherrn schon die ganze Zeit über beschäftigt hatte. „Wir sollten das Handy zur Polizei bringen, und Sie sollten auch erzählen, was Sie beobachtet haben." „Ich weiß", sagte der Schlossherr, „aber die halten einen doch gleich für verrückt, wenn man glaubt, etwas Ungewöhnliches gesehen zu haben." „Trotzdem", beharrte der Wirt, „oder Sie fragen bei der Familie selber nach, ob das Handy ihrer Tochter gehört. Vielleicht erkennen sie es ja." Der Schlossherr willigte ein, und da der Wirt anmerkte, dass er die Familie persönlich kenne, war er schließlich auch damit einverstanden, sich von ihm zu deren Haus chauffieren zu lassen.

Der Vater war in der Arbeit, die Mutter öffnete die Tür. Sie wirkte verstört, die strähnigen Haare hingen ihr ins Gesicht und verdeckten ein wenig die rotgeweinten Augen. „Nehmen Sie Platz", sagte sie leise, als hätte sie schon jede Hoffnung aufgegeben, ihre Tochter wieder zu sehen. „Könnte es sein, dass dieses Handy Ihrer Tochter gehört?", fragte der Schlossherr und reichte ihr das Mobiltelefon. Sie sah es kurz an und zuckte dann mit den Schultern. „Sein könnte es schon, aber ehrlich gesagt weiß ich gar nicht, wie ihr jetziges ausschaut. Sie hat immer wieder ein neues Handy, und jedes Mal wird die Rechnung mehr. Wo haben Sie es her?" „Ich habe es auf einer Donauinsel gefunden." „Und wieso sollte es gerade das meiner Tochter sein?" Der Schlossherr erzählte ihr, dass er genau in jener Nacht, als Miriam verschwunden war, ein Boot dort gesehen habe. „Das kann Miriam nicht gewesen sein, die fährt doch nicht mit einem Ruderboot mitten in der Nacht auf eine Donauinsel, auf der nichts ist. Außerdem war sie zu diesem Zeitpunkt noch zu Hause. Mein Mann hätte doch etwas gehört, wenn sie mitten in der Nacht das Haus verlassen hätte." „Ist die Miriam musikalisch?", fragte der Schlossherr möglichst beiläufig. „Ja sehr, sie ist eine gute Sängerin, singt sogar manchmal ein Solo beim Schulchor. Sie wollte ursprünglich in die Musikhauptschule in Saxen gehen, aber ein Gymnasium ist halt doch etwas anderes als eine Hauptschule. Wieso fragen Sie?" Ausweichend gab der alte Herr an, er habe einmal etwas in die Richtung gehört. Er nahm das Handy wieder an sich und verabschiedete sich, während der Wirt mit der Frau noch ein paar Worte wechselte und ihr Trost zusprach.

„Was jetzt?", fragte er, als sie wieder im Auto saßen. „Wir sollten wirklich zur Polizei", sagte der Schlossherr, „Sie haben recht. Aber zu welchem Posten?" „Ich glaube, Grein ist zuständig. Wenn Sie wollen, liefere ich das Handy für Sie dort ab, ich muss sowieso nach Grein fahren. Die sollen sich dann selber bei

Ihnen rühren, wenn sie was brauchen." Der Schlossherr willigte ein. Er war müde und froh, dass ihm der Wirt so die ungläubigen Blicke und skeptischen Fragen der Beamten ersparen würde. Eine gewisse Zurückhaltung behielt der alte Herr bei, weil er sicher war, sämtliche Wirtshausgäste würden bald über alles bestens unterrichtet sein, aber er dankte dem Wirt doch von Herzen für seine Hilfe.

Und tatsächlich machten noch am selben Tag die nächtlichen Erlebnisse des Schlossherrn ihre Runde. Einige Neugierige brachen sofort auf, um ihrerseits die Insel abzusuchen, aber ebenfalls ohne Erfolg. Die Polizei beschränkte sich zunächst darauf, den Besitzer des Mobiltelefons festzustellen und die Rufdatenauswertung abzuwarten. Es handelte sich wirklich um das Telefon Miriams, und seit jenem Abend, als sie zum letzten Mal gesehen worden war, war damit nicht mehr telefoniert worden. War sie auf der Insel gewesen? Oder hatte jemand das Mobiltelefon an sich genommen und dort verloren? Die Beobachtungen des Schlossherrn bekamen plötzlich Gewicht und er wurde ausführlich befragt. Zugleich wurde die Insel mit Hunden gründlich abgesucht, aber das Handy blieb die einzige Spur. Die Befürchtungen, dass Miriam nicht einfach nur abgehauen war, wurden immer größer.

Mitten in die Ratlosigkeit hinein tauchte plötzlich ein Erpresserbrief auf. Er war an die Eltern gerichtet, die aufgefordert wurden, die vergleichsweise niedrige Summe von 10 000 Euro in einem Kuvert zu hinterlegen. Wo, das werde noch bekannt gegeben. Der Brief war ein Computerausdruck, alles klein geschrieben, ohne Fehler. Die Polizei ging sofort von einem Trittbrettfahrer aus, man glaubte nicht, dass Miriam ernstlich in Gefahr war. Ein echter Entführer hätte eine höhere Summe verlangt. Vielleicht steckte der Erpresser auch mit Miriam unter einer Decke. Miriams Eltern waren verzweifelt ob der Kaltschnäuzigkeit der Polizei. Sie warfen den Beamten Unwilligkeit und Fahrlässigkeit vor. Für die Presse war es ein gefundenes Fressen.

Der zweite Erpresserbrief ließ nicht lange auf sich warten. Der geforderte Betrag sollte in einem Kuvert am kommenden Sonntag, Punkt 22 Uhr, in den Postkasten des Schlosses in Dornach geworfen werden. Die Beamten staunten nicht schlecht über diesen Übergabeort. Schon wieder war der Schlossherr in den Fall involviert. Man beschloss, auf den Erpresserbrief einzugehen, gab 10 000 Euro in ein Kuvert und warf es zur angegebenen Zeit in den Postkasten, der von der gegenüberliegenden Uferseite aus im Auge behalten wurde. Auf der Schlossmauer war noch eigens eine Lampe angebracht worden, deren Lichtkegel auf den grünen Postkasten gerichtet war. Die observierenden Beamten verbrachten eine ereignislose Nacht im Freien. Als man am nächsten Tag den Postkasten kontrollierte, war jedoch das Kuvert samt dem Geld verschwunden. Der Boden des Briefkastens war heruntergeklappt, schwache, kaum sichtbare Schleifspuren führten zu einer Mauernische, die sich ein paar Meter daneben befand. Dort stand ein blecherner Fressnapf für Haustiere, an dem ein dünner, fast unsichtbarer Blumendraht befestigt war. Im Blechnapf war kein Futter, sondern ein Zettel, auf dem nur ein einziges Wort stand: Danke!

Die Beamten suchten jeden Winkel des Geländes ab, fanden aber nichts weiter. Beides blieb verschwunden, das Mädchen und das Geld. Für die Polizei gab es keine andere Wahl, als sich den höhnischen Spott ob ihrer Panne gefallen zu lassen.

Wieder wurde der Schlossherr mitten in der Nacht aus dem Schlaf geholt. Diesmal jedoch nicht durch lieblichen Gesang, sondern durch einen markerschütternden Schrei. Er kam aus den hinteren Nebengebäuden des Schlosses, wo sich die so genannte Remise befand, ein fünfzig Meter langer Wagenschuppen mit mehreren Räumen und darüber einem alten Dachboden. Dem Schlossherrn war jetzt nicht mehr wohl in seiner Haut und er verständigte sofort die Polizei. Die Beamten trafen unverzüglich ein, vielleicht in der Hoffnung, irgendetwas zu entdecken, das ihre Panne der vorangegangenen Nacht wettmachen könnte. Tatsächlich wurden die Herren fündig. Auf dem Dachboden lag eine nur noch schwach brennende Taschenlampe, deren Licht auf einen schmalen Verschlag fiel. Einige Bretter davon waren offensichtlich gewaltsam entfernt worden und lagen jetzt mit verbogenen Nägeln auf dem Boden. Dahinter lag im Staub ein von Spinnweben bedecktes menschliches Gerippe, das aber noch gut erhalten schien. „Ist es das verschwundene Mädchen?", fragte ein junger Polizist. „Trottel!", entfuhr es dem Einsatzleiter, „das ist das Schlossgespenst." Und zum Schlossherrn gewendet: „Kennen Sie es?" „Nein", antwortete der alte Herr, „noch nicht, bei mir hat es sich noch nicht vorgestellt." Und wieder war die Polizei ratlos, wie man weiter vorgehen sollte. Man verständigte die höheren Etagen, von wo die Weisung kam, nichts anzurühren. Das Gerippe würde von einem Wissenschafter untersucht werden.

Der Experte traf am frühen Nachmittag im Schloss ein. Nach einer ersten Untersuchung schätzte er es auf mindestens 100 Jahre. „Vielleicht ist es Strindberg", scherzte der Schlossherr, „das wäre dann die Weltsensation." „Meines Wissens wurde Strindberg verbrannt", entgegnete der Experte, „aber vielleicht ist es ein Opfer von Strindbergs Vivisektionen?" „Um Gottes willen!", rief der Schlossherr aus, der in seiner tiefen Zuneigung zu dem nordischen Dichter nun seinen Scherz bereute, „Strindberg ist ein schwedischer Nationalheiliger und kein Mörder." „Heiliger oder Mörder – es ist wohl beides übertrieben", lenkte der Experte ein, „aber kehren wir zurück zu dem, was wir wirklich wissen. Bei dem Toten handelt es sich um einen männlichen Erwachsenen, mehr kann ich dazu momentan noch nicht sagen. Ich muss das Skelett für weitere Untersuchungen mit ins Labor nehmen. Ich hoffe, es geht Ihnen nicht allzu sehr ab. Sobald meine Expertise fertig ist, wird es Ihnen wieder zurückgebracht." Der Schlossherr versicherte, auch ohne nackte Gebeine am Dachboden eine Zeit lang überleben zu können, und half dem Experten beim Abtransport des Fundes. „Ich werde inzwischen einen Glasschrein für das Skelett anfertigen lassen, mein Schlossgeist soll eine würdige Ruhestätte bekommen“, sagte der alte Herr zur Verabschiedung.

„War der Schrei, den Sie hörten, männlich oder weiblich?“, fragte der leitende Chefinspektor. „Wodurch unterscheidet sich ein männlicher Schrei von einem weiblichen?“, fragte der Schlossherr zurück. „Ein männlicher Schrei hört sich anders an“, wich der Beamte der sprachlichen Spitzfindigkeit geschickt aus. „Ich glaube, es war eine Frau“, gab der Schlossherr nun an. „Es könnte also das Mädchen gewesen sein“, überlegte der Beamte, „vielleicht war sie wirklich auf der Insel und hat sich dann in der Remise eingenistet. Dabei hat sie zufällig das Skelett entdeckt und ist natürlich erschrocken. So könnte es gewesen sein.“ „Aber wo ist sie jetzt?“, fragte der Schlossherr. „Wenn wir das bloß wüssten“, seufzte der Beamte, „es ist durchaus möglich, dass sie selbst die Erpresserbriefe verfasst hat und jetzt mit dem Geld abgehauen ist.“ „Ein cleveres Früchtchen also“, sagte der Schlossherr. Der Chefinspektor brummte etwas, das wie eine Bestätigung klang.

„Ich bin froh, dass du wieder da bist“, sagte der Schlossherr zu seiner Gattin, als diese von Tirol angereist kam, „bei uns spukt es nachts schon wieder.“ „Seit wann hast du Angst vor jungen Frauen? Das kenne ich ja gar nicht von dir“, antwortete sie spitz, „und ein Gerippe kann dir sowieso nichts mehr anhaben.“ Sie drängte ihn, die alten Unterlagen über das Schloss zu durchforsten, ob es da nicht irgendwo ein Hinweis gab auf das Verschwinden einer Person. Er verbrachte einige Stunden über den Zetteln und Büchern, berichtete seiner Frau dann, dass sich nichts finden ließe. „Oben im Kastanienwald ist früher einmal eine Gruft gewesen, von dort könnte das Gerippe vielleicht auch stammen“, bemerkte er noch, um anschließend jegliche weitere Spekulation zur Herkunft des Skeletts zu verweigern. So war auch für die Schlossherrin das Thema bald wieder erschöpft.

Es war Mitte Oktober, als in Oberitalien eine junge Frau eine Polizeistation betrat. Ihr seien im Zug über 9 000 Euro gestohlen worden. Es war Miriam. Sie gab auf. Ohne Geld sah sie keine Chance mehr, weiterhin als U-Boot zu leben.

Bei den Einvernahmen gab sie an, sie habe sich zuhause und in der Schule zu sehr eingeengt gefühlt. Alles in ihrem Leben sei immer von anderen bestimmt worden. Sie habe endlich frei sein wollen, endlich ihr eigenes Leben leben wollen. Auf der Insel habe sie nur eine kurze Zeit verbracht, dann habe sie sich im Schloss auf dem Dachboden der Remise ein Refugium eingerichtet. Sie habe auch immer wieder Lebensmittel entwendet. „Das alles war relativ einfach", erzählte sie, „wenn das Auto weg war, war auch er weg. Und da habe ich mir geholt, was ich brauchte. Er hat das wohl nicht einmal bemerkt." Ihr Plan mit dem Erpresserbrief sei voll aufgegangen. Sie habe den Boden des alten Postkastens so präpariert, dass er nur noch locker in der Verankerung saß. Den Fressnapf habe sie von der Mauernische aus mit dem Draht bis unter den Briefkasten geschoben, dann mit einer Steinschleuder eine Kastanie gegen diesen geschossen, der Boden sei plangemäß aufgegangen und das Kuvert in den Napf gefallen, den sie wieder zu sich gezogen habe. Nur ihre Neugierde, hinter den Verschlag am Dachboden zu schauen, habe ihre Pläne durchkreuzt. Sie sei in Panik geraten, als sie das Skelett entdeckt habe. Obwohl sie zumindest noch ein paar Tage auf dem Dachboden bleiben habe wollen, habe sie da das Geld genommen und sei zunächst ziellos weggerannt. Mit der Bahn sei sie nach Kärnten gefahren, dann weiter nach Italien, bis man ihr das Geld gestohlen habe. „Dann war das Ganze aus. Was hätte ich ohne Geld denn machen sollen?", sagte sie unter Tränen. In die Schule ging sie danach nicht mehr. Einige Zeit später begann sie eine Lehre als Einzelhandelskauffrau in einem Musikgeschäft.

Die Sonne schien nur schwach durch die Fenster herein, als der Schlossherr mit seiner Gattin beim Mittagessen saß und das

Telefon läutete. „Ihr Schlossgeist ist mit ziemlicher Sicherheit ermordet worden“, sagte der Experte gleich nach der Begrüßung, „es gibt da ein kleines Loch im Schädel, das von einer Schusswaffe stammen dürfte. Die Spuren sind recht eindeutig. Der Geist ist jetzt zum Kriminalfall geworden. Sie wissen ja, Mord verjährt nicht.“ „Bin ich jetzt verdächtig?“, fragte der Schlossherr und lachte. „Da müssten Sie ja über hundert Jahre alt sein“, antwortete der Experte, „der Mörder wird wohl auch schon das Zeitliche gesegnet haben und irgendwo als Totenschädel herumliegen.“ „Oder er wurde verbrannt“, entgegnete der Schlossherr. „Wieso verbrannt?“ „Na so wie Strindberg.“ „Ah, das meinen Sie. Vielleicht besteht doch noch eine kleine Chance, den Mord aufzuklären. Wollen Sie die Untersuchungen nicht am besten selbst in die Hand nehmen?“, schlug der Experte vor. „Reizen würde mich das schon“, sagte der Schlossherr nachdenklich.

Er lächelte. Niemand kannte sein Geheimnis. Nicht einmal seine Frau. Die Monarchie war zu Ende gegangen und mit ihr die Duelle. Sie waren längst per Gesetz verboten, als der heutige Schlossherr seinen Widersacher herausgefordert hatte, wie es sich für einen Mann gehörte. Der Schauplatz der damaligen Auseinandersetzung lag ganz in der Nähe. Sein Sieg hatte sich allerdings nicht gelohnt, die umkämpfte Frau heiratete später einen Dritten. Sein damaliger Kontrahent blieb verschollen, aus Liebeskummer, wie man allgemein annahm. Die Leiche fand im Kastanienwald neben der alten Gruft ihre letzte Ruhestätte. Als dort Jahre später ein alter Professor herumzuschnüffeln begann, weil er ein Buch über die Geschichte des Schlosses Dornach zu veröffentlichen beabsichtigte, hatte der Schlossherr die Gebeine lieber innerhalb der Schlossmauern versteckt.

Das Gerippe war also noch keine hundert Jahre alt, ein Beweis, dass auch Experten irren können. Dem Schlossherrn von Dornach konnte das nur recht sein. Und so dürfte er sein Geheimnis wohl mit ins Grab nehmen, wenn er es nicht doch noch vorher ausplaudert.

Bundesstraße, Bahnlinie, Radwanderweg und Donau liegen hier unmittelbar nebeneinander. Eine Donaubrücke verbindet Ober- und Niederösterreich für einen Abstecher nach Neustadtl, von wo man einen herrlichen Rundblick hat, und nach Ardagger mit seiner barocken Stiftskirche.

Das idyllische Donaustädtchen Grein hat viel zu bieten: ein mächtiges Schloss mit einem Schifffahrtsmuseum, das älteste Theater Österreichs, den historischen Stadtplatz und die romantische Uferpromenade. Ganz in der Nähe liegt der Eingang zur Stillensteinklamm, wo in der bezaubernden Gießenbachmühle ein berühmter Künstler verschwindet – rein fiktiv, versteht sich.

Grosses im kleinen Grein

Wenn man hoch hinaus will, endet das manchmal mit einem Bauchfleck. Wenn man aber keine Visionen hat, wird man auch nie etwas erreichen. Vor diesem Dilemma stehen so manche Stadtväter, die ihre Stadt aus dem Dornröschenschlaf erwecken wollen.

Grein ist die Miniaturausgabe einer Stadt und sein Theater ist wohl nicht nur das älteste Österreichs, sondern auch das kleinste. Es ist mühsam für den Wohlstandsbürger, seinen Allerwertesten zwischen die Sperrsitze zu zwängen. Immerhin ist die Minitoilette, die vom Zuschauerraum nur durch einen Vorhang abgetrennt ist, mittlerweile außer Funktion gesetzt.

Grein hat aber auch Monumentales zu bieten: Das über dem Städtchen thronende Schloss und den mächtigen Donaustrom, der den Ortskern in seine Schranken weist. Die Donau hingegen hält sich nicht immer an die Grenzen, von Mal zu Mal verschluckt sie einfach mühelos die Bundesstraße samt den niedriger gelegenen Ortsteilen. Sie zieht sich dann nach einiger Zeit gnädigerweise wieder in ihr angestammtes Bett zurück, allerdings nicht ohne erhebliche Spuren zu hinterlassen. Lange genug mussten die Bürger diesem Ausufern zuschauen, jetzt wehren sie sich, und ein Großdamm soll die Donau fortan genauso eindämmen in ihrem Expansionsbestreben, wie sie es seit jeher mit dem Ortskern von Grein tut. Das ist nur ausgleichende Gerechtigkeit. In Grein soll nichts größer wachsen als es ist, auch nicht die Donau. Das ist bemerkenswert in einer Zeit, in der alles auf Wachstum ausgerichtet ist. Aber touristisch profitiert Grein gerade davon, dass es klein und damit unverändert bleiben muss. Das Unveränderbare kommt dem menschlichen Hang nach Nostalgie entgegen. Natürlich ist es für die innovativen Kräfte einer Stadt schwer, so etwas widerspruchslos hinzunehmen, und so zerbrach man sich den Kopf, wie man Grein im Rahmen des Unveränderbaren doch zukunftsträchtig verändern könne. Als einzige Möglichkeit erschien den kreativen Kräften der Stadt die Kunst. Wenn schon keine räumliche Ausdehnung möglich war, so doch immerhin eine Bewusstseinserweiterung und damit auch eine Selbstbewusstseinserweiterung der ganzen Stadt und ihrer Bürger. Und man setzte die Donaufestspiele in die Welt des Strudengaus und gab der Kunst einen breiten Raum. Wort, Klang und Bild sollten das kleine Grein plötzlich doch noch ganz groß werden lassen.

Zu den diesjährigen Festspielen würde ein ganz Großer ins kleine Grein kommen. Starpianist Kurz-Kurz, der nur mit Hilfe eines Sponsors verpflichtet werden konnte. Wer letztlich den großen Star ins Donaustädtchen lockte, war nicht ganz klar, denn sowohl der rote Bürgermeister als auch der schwarze Kulturreferent beanspruchten die Urheberschaft des gelungenen Coups für sich. Den Bürgern war es egal, sie waren einfach stolz: Kurz-Kurz kommt nach Grein. Das war eine noch viel größere

Sensation als das Fußballspiel vor Jahren gegen die Wiener Austria oder die Durchfahrt des russischen Präsidenten Chrustschow Mitte des vorigen Jahrhunderts. Kurz-Kurz war ein Weltstar, der sonst in New York, Peking und London auftrat. Und nun in Grein an der Donau! Einziger Wermutstropfen: Der Star trat nicht in Grein direkt auf, nicht im Schloss, nein, das Konzert sollte in der Gießenbachmühle nahe Grein stattfinden. Das war der Wunsch des Sponsors, und wer zahlt, schafft an. Es war seine Mühle, eigentlich ein Kleinkraftwerk. Der offizielle Kartenverkauf entfiel, weil die begrenzte Anzahl der Plätze schon allein durch die hohe Anzahl der Ehrengäste überschritten wurde. Ein diesbezüglicher Beschwerdebrief eines kleinen Greiner Beamten an die Regionalzeitung im Strudengau wurde von dieser mit „Zu kurz gekommen bei Kurz-Kurz" betitelt. „Grein macht Großes nur für die Großen, wir Kleinen bleiben wieder einmal auf der Strecke", lautete die Hauptbotschaft des Beschwerdebriefes und zahlreiche Reaktionen darauf gaben dem Schreiber recht. Für Gesprächsstoff war also gesorgt, und schon im Vorfeld der Veranstaltung war Grein größer in den Medien als je zuvor.

Am Tag des großen Ereignisses waren in Grein die Frisöre ausgebucht und die Gastronomiebetriebe liefen auf Hochtouren. Ein eigener Shuttledienst brachte die glücklichen Kartenbesitzer zur Gießenbachmühle. Die Politprominenz kam per Motorboot. Internationale Fernsehgesellschaften hatten Mikrofone und Scheinwerfer für Filmaufnahmen, die Cateringfirma die prall gefüllten Lebensmittelcontainer platziert. Mit Einbruch der Dunkelheit bezog man seine Plätze und wartete auf das Eintreffen der Kunst in Person von Kurz-Kurz.

Das Warten war spannungsgeladen und extensiv. Der Star kam nicht. Die bereitgestellte Exekutive war längst mit ihren verkehrstechnischen und organisatorischen Aufgaben fertig, als der Einsatzbefehl kam. Kurz-Kurz war unauffindbar. Ein Begleitfahrzeug der Polizei hatte seinen Wagen noch bis zur

Mühle eskortiert. Eine Stunde vor Veranstaltungsbeginn war er dort eingetroffen. Kurz-Kurz hatte sich dann auf eigenen Wunsch in einen Nebenraum der Mühle zurückgezogen, um sich ungestört vorbereiten zu können. Weder sein Chauffeur noch sein Bodyguard wussten, wo er war. Eine Katastrophe! War der Künstler entführt worden? Oder war er durch ein geöffnetes Fenster abgehauen?

Tage zuvor war in Grein ein Flugblatt kursiert, das zu einem „Sandlertreffen" vor der Gießenbachmühle aufrief, just am Tag des geplanten Konzertes. Man hatte das Pamphlet als Jux linksgerichteter Jugendlicher abgetan, als Protest irgendwelcher Revoluzzer. Die Behörden waren alarmiert worden, aber niemand nahm die Sache sonderlich ernst. Dennoch waren alle erleichtert, als am Tag der Großveranstaltung wirklich alles ruhig blieb und keine Protestierer auftauchten. Aber jetzt das! Ob da ein Zusammenhang bestand? Alle waren ratlos, Veranstalter, Politiker, Polizei. Man gab eine Suchaktion in Auftrag und tröstete sich schließlich mit den zum Buffet umgestalteten Containern. Gesucht wurde von den Einsatzkräften überall, der Gießenbach, die Stillensteinklamm, das Donauufer, alles wurde durchkämmt, nichts! Gegen 23 Uhr löste sich die Gesellschaft auf, das Kulturereignis war zum Kriminalfall geworden. Grein war mit einem Schlag berühmt, tauchte in den Gazetten der Weltpresse auf. Ganz groß, das kleine Grein. Das Innenministerium schaltete sich ein, ein Krisenstab wurde gebildet.

Als der Hauswart in seiner Wohnung im Nebengebäude der Gießenbachmühle gegen vier Uhr früh zu Bett ging, glaubte er seinen Ohren nicht zu trauen. Da tönte Klaviermusik von der Mühle herüber. Er stand wieder auf, ging zur Mühle, aber er konnte nichts entdecken, kein Ton mehr, kein Licht, keine Menschenseele! Da er sich nun selbst nicht mehr sicher war, ob er wirklich etwas gehört hatte, beschloss er, keine Meldung zu erstatten, wahrscheinlich wäre er ohnehin bloß für verrückt erklärt worden. Am nächsten Tag wurde die Mühle von der Spurensicherung bis in den kleinsten Winkel untersucht. Man fand keine einzige Spur des Künstlers, nicht einmal einen Fingerabdruck, der von ihm stammte, so als wäre der Künstler überhaupt nie in der Mühle gewesen. Dabei hatte er sich nachweislich in dem Nebenraum aufgehalten und nach Aussage des Chauffeurs auch die Toilette aufgesucht. Kurz-Kurz war doch kein Geist, er war ein Mensch aus Fleisch und Blut, wenn auch ein ganz besonderer und außergewöhnlicher. Auch eine weitere Suche mit einer Hundestaffel blieb ergebnislos.

An diesem Abend ging der Hauswart früh zu Bett, schlief aber sehr unruhig. Kurz vor Mitternacht riss es ihn endgültig aus den Träumen, wieder hörte er Klaviermusik von der Mühle herübertönen. Diesmal zögerte er nicht, sondern wählte sofort den Notruf der Polizei. Ein Streifenwagen kam unverzüglich, doch die Beamten konnten so wie der Hauswart in der vorigen Nacht nichts weiter feststellen. Sie nahmen seine Aussage zu Protokoll, aber wie er befürchtete hatte, nicht sehr ernst. Dennoch legte sich in der darauf folgenden Nacht ein Polizeibeamter auf die Lauer, diesmal blieb die Klaviermusik aus. Damit verlor die Aussage des Hauswartes den letzten Rest von Glaubwürdigkeit. Er konnte ja auch keine Angaben dazu machen, welches Musikstück er denn gehört habe, da er mit klassischer Musik überhaupt nichts am Hut hatte. Für ihn klang alles gleich, Klaviermusik eben.

Die Greiner trösteten sich mit CDs von Kurz-Kurz. Der Handel hatte so viele Bestellungen vorliegen, dass er mit der Nachlieferung kaum nachkam. Ganz Grein ertönte von Klavierkonzerten, nur in der Gießenbachmühle blieb alles stumm. Und so rauschte die Donau an Greins größtem Ereignis der jüngeren Geschichte vorbei und schwemmte jeden Tag ein Stück des Interesses an dem grotesken Fall mit sich fort. Es drohte schon der graue Alltag wieder einzukehren, als man im Kraftwerksrechen von Persenbeug eine Wasserleiche fand. Es war Kurz-Kurz.

Damit begann alles von Neuem, Fernsehen, Presse, Schaulustige, obwohl es nichts zu sehen gab, nur zu hören, Klavierkonzerte, immer wieder Klavierkonzerte. Der Krisenstab des Innenministeriums trat erneut zusammen. Wie war es möglich, dass ein so berühmter Künstler kurz vor seinem Auftritt unter den Augen unzähliger Gäste einfach verschwindet? War er entführt worden? Trotz Bodyguard, Chauffeur und dutzender Polizisten? Niemand konnte sich darauf einen Reim machen. Da die Leiche deutliche Spuren von Verletzungen am Kopf und im Schulterbereich aufwies, ging man von einem Verbrechen aus. Ob diese nicht auch durch die starke Strömung und mechanische Einflüsse im Kraftwerksbereich verursacht worden sein könnten, mussten erst genauere Untersuchungen klären.

„Es war nicht möglich, das Gebäude zu verlassen, ohne gesehen zu werden", beharrte der Einsatzleiter der Greiner Polizei. Chefinspektor Leopold Dörr aus Linz konterte: „Wenn es nicht möglich war, dann kann er auch nicht verschwunden sein. Dann war er vielleicht gar nicht in der Mühle." „Aber er war dort, er wurde doch gesehen." „Von wem wurde er gesehen? Vielleicht war es jemand anderer, ein Doppelgänger?" „Das hätten der Chauffeur und der Bodyguard bemerkt." „Und wenn sie am Verbrechen beteiligt sind? Das würde auch das Fehlen jeglicher Fingerabdrücke erklären." „Ja, vielleicht ist das ein Ansatz. Nehmen wir einmal an, die beiden haben wirklich ihre Finger im Spiel." Man beschloss, Chauffeur und Bodyguard noch einmal zu verhören. Sogar dieser Disput zwischen den beiden Beamten wurde genau protokolliert, weil das Innenministerium es so verlangte. Aus der erneuten Einvernahme der beiden wurde vorerst allerdings nichts, sie waren verschwunden, unauffindbar. Eine weltweite Fahndung ging hinaus.

Es dauerte einige Zeit, bis zunächst der Chauffeur aufgegriffen werden konnte. Er war in der Slowakei, woher er stammte, in eine Radarfalle getappt und sofort verhaftet worden. Bald darauf konnte auch der Bodyguard einvernommen werden. Er hatte sich die ganze Zeit über in Wien aufgehalten, war sogar wegen einer Nierenkolik einige Tage im Spital gewesen, aber die Exekutive hatte wohl allzu oberflächlich recherchiert. Hätte er nicht am Würstelstand einen Sanitäter verprügelt, der mit Blaulicht angefahren kam und sich wegen einer Buren scharf vordrängte, wer weiß, ob man ihn überhaupt gefunden hätte. Die Aussagen der beiden hatten es jedenfalls in sich. Nach längerem Verhör gaben sie zu, dass Kurz-Kurz tatsächlich nicht in der Gießenbachmühle gewesen sei. Die Person am Rücksitz sei eine Schaufensterpuppe gewesen, neben ihr der Bodyguard. Im allgemeinen Trubel sei mit dem Hinweis, der Meister brauche vor dem Konzert seine Ruhe, niemandem etwas aufgefallen. Kurz-Kurz sei in der Zwischenzeit in einem Ferienzimmer auf einem Bauernhof in der Nähe von Klam gewesen, wo niemand ihn erkannt habe. Der Meister selber habe alles geplant und außer ihnen beiden sei niemand eingeweiht gewesen.

Nach weiteren hartnäckigen Befragungen waren der Chauffeur und der Bodyguard schließlich auch bereit, die Gründe für dieses seltsame Verhalten darzulegen. Als Kurz-Kurz das Konzert in Grein zugesagt hatte, war als Aufführungsort das Greiner Stadttheater geplant gewesen. Nur wegen dieses Baujuwels hatte er sich herabgelassen, in einer Kleinstadt wie Grein aufzutreten, er war über die Berühmtheit des alten Theaters informiert gewesen. Der Gemeinderat hatte aber dann Bedenken geäußert, das renovierungsbedürftige Theater sei dem Spektakel nicht gewachsen und würde Schaden nehmen. Erst im letzten Augenblick hatte man Kurz-Kurz mitgeteilt, wo er nun aufzutreten habe, nämlich in einer Mühle, noch dazu einer zu einem Kraftwerk umgewandelten Mühle. Dort, wo noch ein paar Wochen zuvor eine regionale Jagdhornbläsergruppe ein paar Gäste unterhalten hatte, sollte nun ein Weltstar wie er seine Kunst zum Besten geben? Das Schloss Greinburg hätte er vielleicht noch akzeptieren können, aber diese Mühle? Es war ihm egal, wie schön sie gelegen war, am Beginn einer Klamm, wo der Gießenbach in die Donau mündet, wie die Veranstalter ihm beteuert hatten. Den wahren Grund für den Schauplatzwechsel hatte man ihm natürlich nicht verraten, dass sich die Gemeinde so durch den Sponsor eine Menge Geld ersparte. Der Bodyguard meinte, Kurz-Kurz hätte wahrscheinlich eine noch weitaus alarmierendere Aktion gesetzt, wenn er von diesen Hintergründen gewusst hätte. So habe Kurz-Kurz mit seinem Verschwinden einen Akt der Verweigerung setzen wollen, um all diesen Leuten eins auszuwischen. Er hatte genug von der Kulturschickeria. Ob Groß- oder Kleinstadt, alle waren sie gleich, gleich unerträglich für ihn, wenn sie in ihren teuren Abendroben antanzten und ihr geistloses Kulturgerülpse von sich gaben. Kurz-Kurz habe sich auf dem Bauernhof richtig wohl gefühlt. Die Pferde, Rinder und Schweine, selbst das Gegackere der Hühner habe er weitaus erträglicher gefunden als die Seitenblickegesellschaft mit ihren stupiden Kommentaren. Sein tragisches Ende konnte sich allerdings weder Chauffeur noch Bodyguard erklären, Selbstmord hielten sie für äußerst unwahrscheinlich. Dass die beiden, die getrennt befragt wurden, nicht allzu dicke Freunde waren, wurde für die Polizei klar, als beide als einzige mögliche Lösung des Rätsels angaben, der jeweils andere hätte Kurz-Kurz umgebracht.

Die ermittelnden Beamten setzten nun alles auf die Nachforschungen am Bauernhof, irgendein Hinweis würde sich dort sicherlich finden lassen. Die beiden Bauersleute waren einigermaßen erstaunt, als sie von der Berühmtheit ihres kurzzeitigen Gastes erfuhren. An ihnen war die Weltpresse spurlos vorübergegangen, sie hatten bis zu diesem Zeitpunkt geglaubt, sie hätten einen zwar wunderlichen, aber durchaus gewöhnlichen Mann beherbergt. Kurz-Kurz hatte sich einen Tag vor seinem Konzert dort einquartiert und war am dritten Tag nach dem Konzert plötzlich wieder verschwunden. Bezahlt hatte er im Voraus für eine ganze Woche. Er habe viel geschlafen, sei spazieren gegangen, habe die Tiere beobachtet. Ausgeritten sei er nicht. Mit dem slowakischen Reitlehrer und Knecht habe er sich ein paar Mal unterhalten. Dieser gab an, sie hätten nur über belanglose Dinge gesprochen, über Pferde, das Wetter, über die Gegend. „Plötzlich war er verschwunden und tauchte nicht mehr auf." „Oh doch!", besserte der Chefinspektor aus, „in Persenbeug ist er wieder aufgetaucht, in der Donau, allerdings als Leiche."

Der Chauffeur und der Bodyguard mussten wieder auf freien Fuß gesetzt werden, ihnen konnte keine strafbare Handlung nachgewiesen werden und für den vermuteten Zeitpunkt des Todes hatten sie ein Alibi. Für den finanziellen Schaden des entfallenen Konzertes würde die Verlassenschaft des Künstlers herhalten müssen. Es war genug da. Die Untersuchungen an dem Leichnam erbrachten auch keinen Nachweis eines gewaltsamen Todes. Die Verletzungen konnten ebenso gut durch mechanische Einflüsse des Donaustroms entstanden sein, vermerkte das gerichtsmedizinische Gutachten. Der Fall wurde vorläufig zu den Akten gelegt, die Ermittlungen wurden eingestellt, auch wenn die Presse, die nicht an Selbstmord glauben wollte, gewaltigen Druck auf Politik und Exekutive ausübte.

Chefinspektor Dörr saß in einem Café in Grein am Ufer der Donau und hing seinen Gedanken nach. Wie viele Wasserleichen mochten hier schon vorbeigeschwemmt worden sein, von denen keiner wusste, woran sie wirklich gestorben waren! Manche Fälle blieben eben ungeklärt, damit musste man sich abfinden. Aber in diesem speziellen Fall wollte Dörr noch nicht aufgeben. Der Notar fiel ihm wieder ein, der die Verlassenschaft von Kurz-Kurz abwickelte. Er musste inzwischen von seinem Rehabilitationsaufenthalt wieder zurück sein und Dörr würde ihn endlich befragen können. Er rief in der Kanzlei an, doch der Herr Notar war nicht anwesend, seine Sekretärin versprach einen baldigen Rückruf. Der kam allerdings erst drei Tage später. Dann aber war der Notar sofort im Bilde und beantwortete schnell und präzise alle Fragen des Chefinspektors. Haupterbe des Vermögens von

Kurz-Kurz, das hauptsächlich aus Bankkonten und Immobilien bestand, war ein Onkel in Amerika. Zusätzlich wurde im Testament noch ein Waisenhaus bedacht, weiters verschiedene Einzelpersonen mit geringen Summen, darunter auch der Bodyguard. Der Chauffeur erhielt eine Eigentumswohnung in Wien. Das überraschte Dörr doch einigermaßen. „Den nehme ich mir noch einmal vor", beschloss Dörr und bedankte sich beim Notar für die Auskunft. Er überlegte, ob er beim Gottsobersten, seinem Landeschef, eine Genehmigung für die Fortsetzung der Recherchen einholen sollte. Nur zu gut wusste er, was er zur Antwort bekommen würde: „Sie verschwenden da wertvolle Zeit, Dörr! Wir haben genug anderes um die Ohren, Dörr, die bevorstehenden Wahlen ... " Da er aber eine Dienstreise nach Wien oder vielleicht gar in die Slowakei beantragen wollte, blieb ihm gar nichts anderes übrig, als beim Gottsobersten vorzusprechen. Der hatte zwar keine rechte Freude damit, war aber überraschend konziliant. „Von mir aus, Dörr", sagte er, „aber erst nach den Wahlen. Doch eines sage ich Ihnen: Wenn das auch wieder nichts bringt, ist endgültig Schluss. Dann war es eben Selbstmord und basta!" Dörr musste sich noch ein paar Tage gedulden, bis er am Montag nach den Landtagswahlen nach Wien fahren konnte. Dort fand er den Chauffeur tatsächlich in der geerbten Wohnung vor, er war gerade dabei, einen Kasten zusammenzubauen. „Warum haben Sie mir verschwiegen, dass Sie eine Erbschaft gemacht haben?", fragte Dörr. „Weil ich selber davon keine Ahnung hatte und weil es Sie auch gar nichts angeht", entgegnete der Slowake ungehalten. „Immerhin hätten Sie ein Motiv gehabt, Kurz-Kurz umzubringen. Ihr Alibi ist ja auch nicht das beste." Der Slowake zuckte kurz mit den Augenbrauen. „Woher hätte ich den wissen sollen, dass ich diese Wohnung erben würde? Kurz-Kurz war ja noch nicht alt." „Trotzdem stehen Sie unter Verdacht", sagte Dörr, „die Verletzung am Kopf des Künstlers könnte von einem Schlag mit einem schweren Gegenstand kommen, das hat die Obduktion ergeben. Und Sie sind bereits wegen Körperverletzung vorbestraft, haben kein hieb- und stichfestes Alibi und erben eine Wohnung in Wien. Das genügt, um Sie in Untersuchungshaft zu nehmen." „Das ist doch lächerlich", sagte der Slowake nun merklich verunsichert. „Kennen Sie Marek?", fragte Dörr nun. „Welchen Marek?" „Ein Reitlehrer und Landsmann von Ihnen, er arbeitet auf dem Bauernhof, zu dem Sie Kurz-Kurz gebracht haben." „Ja, flüchtig ..." „Wir haben ihn nochmals befragt. Er wusste, dass der seltsame Gast kein Unbekannter, sondern ein Weltstar war. Und er wusste das von Ihnen, weil Sie alte Bekannte sind. Sie haben den Bauernhof für Kurz-Kurz ausgewählt, Sie haben ihn dort einquartiert. Und Sie haben zu Marek gesagt, er solle den Bauersleuten verschweigen, wen Sie da bewirteten." Dieser Schuss saß. Der Chauffeur schwitzte, griff zu einer Zigarette. „Haben Sie die jetzt nötig?" „Ja", lautete die knappe Antwort. „Es wird Zeit, dass Sie mir die Wahrheit sagen. Sie wissen doch wesentlich mehr, als Sie zugeben wollen. Was wissen Sie über Marek? Wie weit hängt er in der Sache drin?" Der Mann sah zu Boden. „Es war ein Unfall", sagte er leise, „ein schrecklicher, bedauerlicher Unfall, für den niemand etwas konnte. Der Meister hatte sich einem Pferd genähert, wahrscheinlich um es zu streicheln, von hinten. Es schlug aus und traf ihn mit voller Wucht am Kopf. Als Marek ihn fand, lag er regungslos im Stall, er dürfte sofort tot gewesen sein. Die Bauersleute waren nicht im Haus. Marek hat mich sofort angerufen, er war völlig verzweifelt." Er machte eine kurze Pause und fuhr dann fort: „Was hätten wir denn tun sollen? Hätte irgendwer davon erfahren, wäre der Teufel los gewesen. Kennen Sie die Vorurteile gegenüber Slowaken? Wir haben also die Leiche in Mareks Auto verfrachtet und bei Nacht und Nebel in die Donau geworfen." „Und die Bauersleute haben nichts davon gewusst?" „Nein, die haben nicht einmal gewusst, wer er war. Nur Marek hat es gewusst, und er hat dicht gehalten. Auf Marek kann man sich verlassen." „Und der Bodyguard? Haben Sie den informiert?" „Nein." Dörr sah den Mann eine Weile an, der starrte weiterhin auf den Boden. „Ich muss Sie jetzt festnehmen. Sie haben einen Tod verschleiert und mehrfach Falschaussagen gemacht, das ist bei Mordermittlungen sehr wohl strafbar. Auch wenn ich jetzt weiß, warum Sie gelogen haben."

Dörr rief seinen Chef an, um die Ergebnisse der Ermittlung bekannt zu geben. „Ein Unfall also", war dessen Reaktion, „immerhin noch besser als Selbstmord." Zurück in Linz erfuhr Dörr von einem Kollegen, dass just an diesem Tag ein paar Jugendliche vorstellig geworden seien, die sich für den nächtlichen Spuk in der Gießenbachmühle verantwortlich zeigten. Aus Jux und Tollerei hätten sie den Hauswart ein wenig ärgern wollen, der sie immer wieder von dem Gelände um die Mühle vertrieben hatte, wenn sie dort mit ihren Mountainbikes herumgefahren waren. Eine kleine, harmlose Racheaktion. „Damit können wir den Fall endgültig abschließen", meinte der Kollege. „Ja", sagte Dörr, „und diesmal ist es nicht so, dass wir den Schuldigen nicht finden, sondern es gibt ihn einfach nicht. Oder sollten wir das Pferd verhaften, das seine Hinterbeine nicht im Zaum halten konnte?"

In Grein beschlossen die beiden großen Parteien, in der nächsten Zeit auf große Sprünge in der Kleinstadt verzichten zu wollen. Man beschränkte sich auf die örtliche Blaskapelle, die Stubenmusi und den Liederkranz, worüber im Endeffekt gar niemand wirklich unglücklich war.

ST. NIKOLA – WALDHAUSEN

Weiter geht's, die Donau entlang vorbei an Burg Werfenstein Richtung Osten, wobei es zwei Möglichkeiten gibt, nach Waldhausen zu gelangen. Entweder man nimmt die erste Abzweigung bei St. Nikola, oder biegt bei Sarmingstein ab. Im verträumten Waldhausen endet unsere kriminelle Reise. Klosterkirche und See prägen diesen etwas abgeschiedenen Ort an der Grenze zum niederösterreichischen Waldviertel. Doch auch ein Kloster kann nicht immer vor schweren Sünden bewahren … Die Waldhausener mögen nicht gram sein: Alles frei erfunden!

Die sieben Todsünden von Waldhausen

Künstler leben gefährlich, wenn sie kritisch ihren Zeigefinger in die offenen Wunden einer Gesellschaft legen, die in ihrer Beschaulichkeit lieber wegschaut als hinschaut. Aber gerade Künstler der bildenden Künste leben nun einmal vom Hinschauen!

Die bunten Farbtupfer im Waldhausener Badesee gehörten zu keiner Forelle, dazu waren sie zu groß. An Badehaube und Bikini in grellem Rot und Blau mochte der Jogger gar nicht denken, der frühmorgens seine Runde drehte. Es war viel zu kalt zum Baden an diesem Septembertag. Er lief ans Ufer und erkannte, dass er seinen Augen mehr trauen sollte als seinen Gedanken. Im seichten Wasser bewegten sich, willenlos dem Spiel der sanften Wellen preisgegeben, Arme und Beine eines Menschen, als wollten sie sich über Wasser halten. Der Kopf lag am Ufer, der Mund war leicht geöffnet, von ein paar Schaumkronen umspült, die Augen waren ohne jeglichen Ausdruck. Der Jogger berührte die Leiche nicht, lief weiter zum Gemeindeamt. Als Arzt und Polizei am Badesee eintrafen, hatten sich auch schon

Schaulustige eingefunden. „Aha, der Herr Manfred tut etwas für seine Gesundheit“, sagte der Arzt, als er den Jogger herankommen sah, der zum See zurückgelaufen war. „Was soll daran gesund sein?“, schnaubte der Manager, „der Schlag hätte mich treffen können!“ Ein Polizist notierte sich seine Personalien und Manfred lief weiter in sein Büro, das im Kloster untergebracht war, um sein Tagewerk zu beginnen.

Die Tote war keine Einheimische, aber im Ort wohl bekannt. Eine Künstlerin, die aus der Hauptstadt Wien hergezogen war und nun einen Großteil des Jahres in Waldhausen verbrachte. Nur im Winter hielt sie sich in der Stadt auf, in Wien, Paris, London, angeblich wurden ihre Bilder in der ganzen Welt ausgestellt, auch Bilder, die sie in Waldhausen gemalt hatte. Keine Landschaftsbilder, keine Menschen, auch keine Tiere. Sie malte zwar gegenständlich, doch stellte sie die Gegenstände in neue Zusammenhänge, verfremdete sie, um chiffrenartig Gefühle und Gedanken auszudrücken, gute, aber auch böse. Ihr Zyklus „Die sieben Todsünden“ hatte in Waldhausen für Aufruhr gesorgt, weil die Symbolik dieser Bilder nur allzu leicht mit örtlichen Gegebenheiten in Verbindung gebracht werden konnte und somit als Gesellschaftskritik verstanden wurde. Schon das erste Bild des Zyklus hatte es in sich. In der Mitte ein Trichter, in dessen obere Öffnung Penis und Vagina in zahlreichen Größen und Farben hineingestopft sind, unten pressen sich Heiligenscheine in Form von Eheringen aus dem engen Loch. Auf den Trichter ist der Großbuchstabe W gemalt, W wie Wollust, aber auch wie Waldhausen, daneben der Schattenriss eines Gerippes. Das Original hing in einer Wiener Privatsammlung, war aber schon mehrmals für Ausstellungen, auch im Ausland, angemietet worden. Als Kritik an der heiligen Mutter Kirche, die als scheinheiliges Reinigungswerkzeug dargestellt wurde, erregte das Werk großes Aufsehen. Es folgten dann in dem Zyklus die Völlerei, der Zorn und der Geiz – alle Bilder konnten in gewisser Weise auch auf Waldhausen bezogen werden. Dabei lautete der

Slogan dieser idyllischen Gemeinde: **Wo Alle Lebenden Dem Himmel Auf Unserer Schönen Erde Nahekommen – Waldhausen**. Die Künstlerin hatte in ihrem Programmheft zum Zyklus ein ganz anderes Akrostichon aus **Waldhausen** gebildet: **Wo Alle Laster Der Hölle Auf Unseren Strudengau Endlos Niederprasseln**. Wie berühmt sie auch in der Welt der Kunst sein mochte, damit hatte sie es sich mit den Waldhausenern gründlich verscherzt. Im Gemeinderat war der Vorschlag aufgetaucht, die Bilder anzukaufen und anschließend zu vernichten, aber das war allein aus Kostengründen unmöglich. Der hochwürdige Herr Pfarrer hatte sich geweigert, mit der Künstlerin zu reden, zu sehr hatten ihn die Bilder verärgert. Und der ältere Herr, der als Heimatforscher einen hohen Rang in Waldhausen einnahm, hatte dafür plädiert, sie einfach zu ignorieren, weil man bei „spinnerten Weibsbildern" sowieso nichts machen könne. Im Heimatbuch von Waldhausen würde sie keine Erwähnung finden, basta. So war es bei einem Besuch des Bürgermeisters in der Kartause der Malerin geblieben, der sie gebeten hatte, doch lieber die Schönheit der Mühlviertler Landschaft und die Tüchtigkeit ihrer Menschen in den Vordergrund ihres Schaffens zu stellen. „Ich male das, was ist", soll sie geantwortet haben, „und nicht das, was Sie gerne hätten."

Jetzt hatte sich das Problem von selber gelöst, auch wenn die Bilder noch existierten, aber zumindest weiteres Schindluder konnte nun nicht mehr mit Waldhausen getrieben werden. Im Grunde genommen war es den meisten egal, wie die Dame umgekommen war, Hauptsache, Waldhausen hatte die ewige Ruhe vor ihr. Anders Chefinspektor Dörr von der Kripo, ihn interessierte gerade das Wie. Denn dass es kein Unfall oder Selbstmord war, war allzu bald klar. Der Punkt mitten auf der Stirn war nämlich kein indisches Kastenzeichen, sondern das Einschussloch einer kleinkalibrigen Waffe. Dass Dörr bei seinen Ermittlungen in die Welt der bildenden Künste einzudringen hatte, störte ihn gewaltig, denn er hatte diese für sich hinter einen Eisernen Vorhang verbannt, geschmiedet aus Vorurteilen, Unverständnis und Unwillen. Aber er bemühte sich, quälte sich, bat einen ihm bekannten Kunsterzieher um Hilfe und ließ sich Todsünde für Todsünde erklären. „Superbia" (Hochmut), „Avaritia" (Geiz), „Luxuria" (Wollust), „Ira" (Zorn), „Gula" (Völlerei), „Insidia" (Neid) und „Acedia" (Trägheit) seien die Hauptlaster, die bestimmten Dämonen zugeordnet würden, erklärte der Kunsterzieher. Luzifer werde der Hochmut zugeschrieben, Mammon der Geiz, Levithian der Neid, Satan der Zorn, Asmodeus die Wollust, Beelzebub die Völlerei und Belphagor die Trägheit. Den Lastern stünden die Kardinaltugenden gegenüber, wobei Erstere in der Malerei seit jeher das beliebtere Motiv gewesen seien. Er verwies auf Otto Dix und Hieronymus Bosch. Neu sei natürlich der Zusammenhang mit Waldhausen, wofür wahrscheinlich rein persönliche Gründe der Künstlerin ausschlaggebend seien. „Sieben Todsünden, sieben Bilder, sieben Motive – das gilt es jetzt zu interpretieren. Viel Glück, mein lieber Dörr!"

Nach einem ersten Einstieg in die Materie bat Dörr nun auch den Heimatforscher von Waldhausen um Hilfe, um die Bilder auch mit den Ereignissen im Ort in Verbindung bringen zu können. Die drei Herren trafen sich zu einem Mittagessen in einem Gasthaus, anschließend wollten sie ins Linzer Kunstmuseum Lentos fahren, wo die Bilder der Künstlerin anlässlich von Linz als Kulturhauptstadt Europas ausgestellt waren. „Hoffentlich sind Sie nicht das nächste Opfer, wenn Sie zu viel herumwühlen im Sumpf von Waldhausen", warnte der Heimatforscher den Kriminalisten, „die Leute hier mögen das nicht besonders." Dörr seufzte. „Mit welcher Todsünde wollen wir denn beginnen?", fragte er und überging damit die Warnung. „Wie Sie wollen", meinte der Kunsterzieher, „jede ist auf ihre Weise interessant." „Dann beginnen wir wohl am besten passenderweise mit der Völlerei", sagte Dörr und strich über seinen knurrenden Magen, „aber vor der Werkanalyse sollten wir besser die Speisekartenanalyse vornehmen." Damit wurde der für Dörr unangenehme Teil noch ein wenig aufgeschoben.

In der Ausstellung im Lentos fanden sie auch bald die Bilder der Künstlerin, aber es waren nur sechs. Eines fehlte, das Bild über „Acedia", die Trägheit, hing nicht dort. „Wo ist das siebte Bild?", fragte Dörr die Direktorin des Museums. „Das siebte haben wir noch nicht bekommen", erklärte diese, „das befindet sich noch im Atelier der Künstlerin. Nach ihrem tragischen Tod ist dort alles unter Verschluss. Angeblich ist es noch nicht ganz fertig, aber ich hoffe, sie hat es noch geschafft, die Ärmste, bevor sie …" Sie zögerte. „Wir in Linz wollten dieses Bild als Erste dem Publikum präsentieren, und damit auch erstmals den Zyklus in seiner Gesamtheit. Es wäre für die Kunstwelt eine enormer Verlust, wenn es nicht mehr fertig geworden wäre. Unsere Besucherzahlen sind schon jetzt sprunghaft angestiegen." „Die Toten sind oft mehr wert als die Lebenden", sagte Dörr und wendete sich „Gula" zu, der Völlerei. Das Bild zeigte Messer und Gabel in T-Form, im Hintergrund erkennbar ein großes W, das in einem Talarkragen stand. „Nach dem Trichter hat dieses Bild bei uns am meisten Aufsehen erregt", sagte der Heimatforscher, „es wurde mit unserem verstorbenen Pfarrer in Zusammenhang gebracht." „Warum das?", fragte Dörr. „Weil er manchen einerseits zu intolerant schien, der frühere Hochwürden, selber aber auch seine Fehler hatte", antwortete der Heimatforscher etwas ausweichend. „Wer hat die nicht?", meinte Dörr, „aber welche Fehler soll der Pfarrer denn genau gehabt haben? Hat er sich manchmal einen zölibatsfreien Tag genommen?" Der Kunsterzieher musste lauthals lachen, worauf ihn der Heimatforscher rügend ansah. Ernst erklärte dieser: „Nein, ganz im Gegenteil, nach seiner Auffassung war Sex ausschließlich zur Zeugung von Kindern statthaft und das auch nur in aufrechter Ehe." „Das ist ja eigentlich noch kein Fehler, immerhin deckt sich diese Meinung mit der offiziellen Lehre der katholischen Kirche", meinte Dörr und fragte spitz: „Hatte er denn keine

Köchin?" „Das schon", erklärte der Heimatforscher, „aber nur zum Kochen. Und gerade das war ja seine große Schwäche, das Essen! Seinen Bauch begründete er allerdings mit dem Zölibat." „Jetzt wird es aber seltsam", warf der Kunsterzieher ein. „Na ja, der Pfarrer meinte, dass der männliche Samen ja irgendwohin müsse, und bei zölibatär lebenden Menschen fließe er halt zurück ins Blut und trage so zur Gewichtszunahme bei. So hat er immer sein Übergewicht entschuldigt und es gleichzeitig zum Beweis für seine sexuelle Enthaltsamkeit gemacht." „Eine faszinierende Theorie", sagte Dörr, „aber wie rechtfertigen sich dann schlanke Geistliche?" „Diese Theorie wird wohl ausschließlich in Waldhausen von der Kanzel verkündet worden sein und die Wissenschaft weiß noch gar nichts davon", warf der Kunsterzieher ein. „Sind denn in Waldhausen die Predigten alle so einfallsreich?", fragte Dörr. „Leider nein", erwiderte der Heimatforscher, „sonst gäbe es nicht so viele Männer, die während der Predigt im Wirtshaus sitzen." „Die armen geistlichen Herren!", zeigte Dörr jetzt Mitleid, „sogar für ein Bäuchlein müssen sie sich rechtfertigen! Aber warum ging die Malerin gerade auf den geistlichen Herrn so los?" „Sie hat auch vor anderen nicht Halt gemacht, zum Beispiel vor Politikern." „Und vor wem genau?" Auf diese Frage wollte der Heimatforscher keine Antwort mehr geben, er nannte auch auf ein Nachbohren Dörrs keine Namen. „Also gut", nahm es der Chefinspektor gelassen, „gehen wir einmal davon aus, dass als Beispiel für die Völlerei der Pfarrer herhalten muss. Wieso steht dann aber bei der Wollust wieder die Kirche am Pranger, wenn der Pfarrer zölibatär lebte und sexuell enthaltsam war?" „Das habe ich auch nicht verstanden", sagte der Heimatforscher, „aber vielleicht kann uns da Christian, das Burggespenst, weiterhelfen. Er macht die Führungen auf der Burg Clam und ist zugleich Sagenforscher, Märchenerzähler und Geschichtenschreiber. Die Malerin hatte, soviel ich weiß, laufend Kontakt zu ihm und ließ sich von seinen Geschichten inspirieren. Der Christian hat auch die Sage von der Clamlinde unter die Leute gebracht.

Wenn ich mich richtig erinnere, hat er auch einmal eine über einen wollüstigen Wildling erzählt." „Na ja", war Dörr skeptisch, „ich traue den Märchenerzählern nicht recht über den Weg. Mit denen habe ich bei den Verhören oft genug zu tun. Wenden wir uns doch noch einem anderen Laster zu!" „Ich schlage den Zorn vor", sagte der Heimatforscher, „das kommt meinem Gefühl bei der ganzen Sache entgegen." „Weshalb?", fragte Dörr. Nun geriet der Heimatforscher richtig in Fahrt: „Der ganze Zyklus ist eine Riesensauerei. Da wird ein ganzer Ort an den Pranger gestellt, als wäre Waldhausen ein einziger Sündenpfuhl, ein Sodom und Gomorrha. Da werden ordentliche Bürger in den Dreck gezogen und dann wird abgewiegelt, dass es ja nicht sosehr um Einzelpersonen gehe, sondern um die Kollektivschuld der Menschen am schrecklichen Zustand dieser Welt, exemplarisch gezeigt an Waldhausen." „Hat die Künstlerin das so gesagt?", unterbrach Dörr den Redefluss. „So oder so ähnlich steht es im Programmheft. In Waldhausen sind die Leute nicht besser und nicht schlechter als anderswo und das gilt für die Vergangenheit genauso wie für die Gegenwart. Und es wird auch in Zukunft so sein." Kurz holte der Heimatforscher Luft, dann sagte er grimmig: „Bei uns hat es auch nicht mehr Nazis gegeben als anderswo." „Wie kommen Sie jetzt darauf?", fragte Dörr. „Das Zornbild", erklärte der Heimatforscher, „das Zornbild rückt uns ins rechte Eck. Aber schauen Sie sich nur einmal um im Bezirk, wie viele Ausländer es gibt im Vergleich zu früher und es werden immer mehr. Früher waren es nur einige wenige Steinbrucharbeiter. Heute begegnet man ihnen überall und sie arbeiten überhaupt nichts. Die Menschen haben Angst, dass irgendwann keine Kirchenglocken mehr läuten, sondern der Muezzin zum Gebet ruft. Das kann von keinem Schriftsteller weggeschrieben und von keinem Maler weggemalt werden. Das sind Tatsachen! Kein Wunder, wenn die Heimatliebe, die dann Nationalismus genannt wird, umschlägt in Chauvinismus und Zorn. Wir sind keine Ausländerhasser, aber wir sind zornig über Entwicklungen, die wir einfach dulden sollen, ohne gefragt zu werden." „Und was ist jetzt mit dem Bild?", beendete Dörr kurzerhand den Monolog. „Das zeigt Tischlerwerkzeug mit eingravierten Nazisymbolen und zwei Morgensterne, Sie wissen schon, die Kugel mit Stahlspitzen, die man als Waffe gebraucht." Dörr verstand die Symbolik nicht. „Dazu müssen Sie eine Kurzgeschichte kennen", meldete sich jetzt der Kunsterzieher zu Wort, „die in der Wochenendbeilage einer Tageszeitung erschienen ist. Die hat ein Schriftsteller aus dem Bezirk geschrieben, und sie bildet die Grundlage für dieses Bild. Sie können die Geschichte gerne nachlesen. Ich habe mir die Zeitung aufgehoben." Dörr betrachtete wieder das Bild über den Zorn. „Wieso wird das eigentlich mit Waldhausen in Verbindung gebracht?", fragte er. „Im Bildhintergrund ist eine gemischtsprachige Ortstafel erkennbar. Sehen Sie? Dort steht auf Deutsch ‚Wald' und auf Türkisch ‚ev', was soviel wie ‚Haus' bedeutet." Dörr konnte ein Schmunzeln nur mit Mühe unterdrücken.

Nachdem Dörr versucht hatte, sich die sechs ausgestellten Bilder möglichst gut einzuprägen, beschlossen die Herren, es fürs Erste gut sein zu lassen. „Darf ich Sie jetzt noch zum Abendessen einladen, auf Staatskosten natürlich." „In die Polizeikantine?", fragte der Kunsterzieher. „Nein, nein", beruhigte Dörr, „ich weiß da ein gutes Lokal ganz in der Nähe, da gibt es gute österreichische Hausmannskost", und er hängte, an den Heimatforscher gewandt, an: „Das ist doch sicher nach Ihrem Geschmack?" Nach dem Essen fuhr Dörr noch mit zur Wohnung des Kunsterziehers, wo er sich die Zeitung auslieh, um die Geschichte bis zum vereinbarten Treffen am nächsten Tag zu lesen.

Rechts um

Pusch, ein Schlag von hinten, pusch, und noch einer, er taumelt, jetzt liegt er am Boden, noch ein Schlag seitlich ins Kreuz, ein Tritt in die Weichteile, die Schreie gehen allmählich über in ein röchelndes Keuchen, noch immer ist die kriminelle Energie stark genug, um zuzuschlagen,

die Kalotte verwandelt sich in eine blutig breiige Masse, das Röcheln verstummt.
Endlich lässt er ab, selber ins Keuchen gekommen. Er starrt mit aufgerissenen Augen auf die blutige Masse vor ihm, spürt, wie der Hass aus ihm hinausströmt wie durch ein schadhaftes Ventil. In einer Pfütze wäscht er das Blut von seinem Morgenstern ab und rennt davon.
Gernot hatte vollendet, was er schon lange in Gedanken begonnen und auch in der Gruppe erprobt hatte, freilich nie mit letzter Konsequenz. Aber jetzt war es so weit, denn sonst würde es nie aufhören mit diesen Störenfrieden, die nur Lärm und Gestank verbreiteten, den Staat betrogen und ausnützten. Das Volk sollte machtlos zusehen, wie das Fremde immer mehr um sich griff und die eigene Identität aushöhlte, die abendländische Ordnung unterwanderte. Die linke Politik unternahm nichts, schaute weg. Deshalb musste Eigeninitiative die staatliche Unfähigkeit ersetzen. Wo das Recht zum Unrecht verkommt, wird Widerstand zur Pflicht. Gernot wusste, dass die Ermittlungen der Polizei nur halbherzig geführt werden würden. „Türkenfehde, die bringen sich wieder einmal gegenseitig um", würde es heißen, „auf einen mehr oder weniger kommt es auch nicht an, es sind ohnehin schon zu viele da." „Kreuzzug 08" war der in der Gruppe verwendete Begriff, der aber im Internet und per Telefon nicht genannt werden durfte, weil er zu verräterisch war. Da mussten unverfängliche Begriffe herhalten. Björn hatte „Entrümpelung" vorgeschlagen, Waldi „Säuberung". Sie hatten sich auf „Reinigung" geeinigt, das klang unverfänglich. Stubenrein, besenrein, astrein. Wau!
Gernot freute sich schon auf die Ordensverleihung, er würde in der Rangordnung ganz nach oben kommen, in die Führungsetage. Der Orden mit dem großen H für Heimat wurde nur für außerordentliche Verdienste um die Verteidigung der deutschen Volkskultur vergeben. Der Vorsitzende würde die Auszeichnung persönlich vornehmen. VKB – Volkskultur bewahren – war der Leitspruch. Was für ein Augenblick im Leben eines Jungmannes!
Gernot tauchte zurück in den Alltag seiner Lehrlingswelt. Den Morgenstern legte er unauffällig zwischen den vielen anderen Eisenteilen und

Werkzeugen der Werkstätte ab. Seine ganze Konzentration galt jetzt wieder seiner Arbeit. Gernot war ehrgeizig, er wollte lernen, den Abschluss schaffen, Meister werden, Autospengler, das interessierte ihn. Er lernte Schäden zu reparieren, alles wieder so aussehen zu lassen, wie es sich gehörte, die Ordnung wieder herzustellen, Teilchen für Teilchen. Gernot war ein Musterlehrling, sein Meister war stolz auf ihn. Ein echter deutscher Junge! Der Meister hatte ihn beim Turnverein kennen gelernt und ihm die Stelle angeboten. Der Junge hatte Potential, das hatte er sofort gemerkt, der war zu Höherem berufen.
Als die Polizei am nächsten Tag in die Werkstatt kam, weil Gernot angeblich in der Nähe des Tatortes gesehen worden war, gab ihm sein Chef ein Alibi. Gernot habe Überstunden gemacht und er habe ihn persönlich mit dem Auto nach Hause gebracht. Zuvor hätten sie noch zusammen ein Bier getrunken, so gegen 22 Uhr sei der Junge zu Hause gewesen, und der Türke sei doch erst um 22.30 Uhr getötet worden, wie es in den Frühnachrichten geheißen hatte. „Kein Türke, ein Kurde!“, sagte einer der beiden Polizisten. „Das ist doch dasselbe!“, entgegnete der Meister, „wo ist denn da der Unterschied?“ „Die Kurden wollen einen eigenen Staat und betrachten die Türken als ihre Feinde, vereinfacht dargestellt“, klärte ihn der Polizist auf, „haben Sie noch nie von den feindlichen Auseinandersetzungen zwischen diesen beiden Volksgruppen gehört? In Wien kommt es immer wieder zu Zwischenfällen.“ „Dann ist die Sachlage doch klar, oder? Ihr müsst den Täter wohl unter den Türken suchen, nicht unter uns Einheimischen.“ „Wir erfüllen nur unsere Pflicht und müssen allen Spuren nachgehen“, verteidigte sich der Polizist. „Grüßen Sie mir Ihren Vorgesetzten!“, sagte der Meister, „und greifen Sie bei diesem Gesindel hart durch!“ Die beiden Polizisten trollten sich.
„Die Auszeichnung und den Orden mit dem großen H kannst du jetzt vergessen“, sagte der Meister zu Gernot, „wenn dich wirklich jemand gesehen hat, ist es schwer genug, die Verdachtsmomente zu zerstreuen. Glück für dich, dass der Polizeichef ein Sympathisant unserer Organisation ist, sonst wärst du dran. Und eines kannst du mir glauben: Ein Orden bringt dir gar nichts, wenn du dafür im Gefängnis sitzt.“ Gernot

schwieg. Der Typ war also Kurde gewesen. Auch recht, jedenfalls einer, der nicht hierher gehörte. Dass er den Türken damit aber einen Gefallen getan hatte, das ärgerte ihn genauso wie die Tatsache, auf den Orden der VK verzichten zu müssen.

Wenige Tage später brannte das Geschäft eines jungen Türken aus. Die Medien brachten das natürlich sofort mit dem Mord an dem Kurden in Zusammenhang. Dieser Türke war es gewesen, der Gernot gesehen hatte. Er hatte beobachtet, wie der Spenglerlehrling nach der Tat weggelaufen war, aber ihm hatte die Polizei keinen Glauben geschenkt. Und jetzt stand er selbst bei der Polizei in Verdacht. Auch die Kurden hielten ihn für den Schuldigen. Was sollte er tun? Wenn dieser Gernot herausbekam, dass er ihn bei der Polizei angezeigt hatte, dann war sein Leben zusätzlich noch von den Neonazis bedroht. Die Polizei würde sicherlich nichts unternehmen. Sollte er Gernot zuvorkommen und ihn töten? Abhauen musste er sowieso, zumindest für einige Zeit, zurück in die Türkei.

Der Türke rief den Neonazi an. „Hier spricht Hakan. Ich weiß, dass du es warst, du hast den Kurden umgebracht. Ich habe dich gesehen. Aber wenn du vernünftig bist, geschieht dir nichts. Ich habe eine Lösung, die kostet dich allerdings etwas: Ich hau ab, damit bist du aus dem Schneider, und du gibst mir dreißigtausend." Gernot dachte an den Orden. Wenn der Türke wirklich abhaute, dann fiel der Verdacht endgültig auf ihn, es wäre fast wie ein Geständnis. Gernot könnte dann nach einer gewissen Wartezeit seine Auszeichnung ohne Risiko in Empfang nehmen. Andererseits, wenn er den Türken gleich umbringen würde, würde er sich eine Menge Geld ersparen. Der II-Orden wäre ihm dann doppelt sicher. Und alle würden die Tat auf die Kurden schieben! Wie aber sollte er den Türken erwischen? Der war ja vorgewarnt und wusste, wie Gernot aussah. „Ich werde es mir überlegen", sagte Gernot und legte auf. Sollte er Björn und Waldi einweihen? Stichwort „Reinigung"? Anschließend die Leiche verschwinden lassen, zersetzen? Waldi war Chemiker.

Gernot brauchte nicht mehr lange zu überlegen, weil alsbald Handschellen um seine Gelenke gelegt wurden. Den Türken verhaftete man zur selben Zeit. Sein Anruf bei Gernot war abgehört worden, Lauschangriff. Der Polizeichef hatte die Anweisung dazu gegeben. Jetzt war Gernot dran, wegen Mordes, lebenslänglich hinter Gittern, den H-Orden würde er trotzdem nicht bekommen. Der Türke kam wegen versuchter Erpressung und Versicherungsbetruges durch Brandlegung relativ glimpflich davon. Der Spenglermeister wurde wegen falscher Zeugenaussage verurteilt. Da halfen ihm auch seine Grüße an den Polizeichef nichts mehr. Der aber nahm den Fall zum Anlass, seine wahre Gesinnung ins rechte Licht zu rücken.

Als Dörr zu Ende gelesen hatte, war ihm klar, warum der Kunsterzieher einen Zusammenhang zwischen dem Bild und diesem Text sah. Das Tischlerwerkzeug konnte leicht durch die Utensilien einer Spenglerei ersetzt werden, die zwei gekreuzten Morgensterne sprachen für sich. Und darunter ein großes W, wohl für Waldhausen.

Für Dörr war es nicht schwer, auf der Burg Clam Christian ausfindig zu machen, der ihm vom Heimatforscher als Wissensquelle empfohlen worden war. Neben Christian geisterte noch Gustl publikumswirksam durch die Burg, beide gehörten zum Inventar, waren abwechselnd Zerberus, Burggespenst und Märchenerzähler. Sie kannten jeden Winkel der Burg, kannten Geschichte und Geschichten, an denen es vor allem Christian nie mangelte. Notfalls erfand er sie selber.

Entgegen seinem üblichen Redefluss, gab er sich anfangs recht zugeknöpft, als ihn Dörr über seine Kontakte zur Malerin befragte. „Na ja", sagte er, „sie ist öfters zu mir gekommen und hat sich alte Geschichten über die Burg und über die Gegend hier erzählen lassen. Das hat sie interessiert. Sie plante einen Bilderzyklus über alte Sagen im Strudengau, aber dazu ist sie wohl nicht mehr gekommen. Sie konnte ja nicht einmal den Zyklus über die sieben Todsünden vollenden, wie man hört." „Was wissen Sie über diese Bilder?" „Nicht viel. Zwei oder drei habe ich schon gesehen." Dörr hakte nach: „Und hat sie Ihnen davon erzählt?" „Gesprochen haben wir nur über ihr letztes Bild." „Und was? Was haben Sie gesprochen?" „Sie hat mich gefragt, ob man zu faul sein könne, jemanden umzubringen." „Und was haben Sie geantwortet?" „Dass ich mir das schon vorstellen könne." „Zu faul zu sein, jemanden umzubringen?" „Ja." Dörr fand das Gespräch einigermaßen mühsam, nach jedem Satz musste er nachfragen. „Und hat die Malerin auf Ihre Antwort noch etwas gesagt?" „Sie meinte, dass es kein Zufall sei, dass das ihr letztes Bild ist." „Und dann?" „Nichts dann. Ich habe mir gedacht, dass sie ihre eigene Faulheit meinte, das Bild fertigzustellen." Dörr wechselte das Thema. „Wissen Sie, was das erste Bild mit dem verstorbenen Pfarrer zu tun haben könnte?" „Wahrscheinlich gar nichts! Das haben ein paar Obergescheite hineininterpretiert. Das zweite, ja, das könnte man vielleicht mit ihm in Zusammenhang bringen, aber das Trichterbild wohl kaum. Wenn Sie genau schauen, dann fällt Ihnen sicher auf, dass dieses Bild genauso gut verkehrt herum betrachtet werden kann. Dann erhält es eine ganz andere Bedeutung." Dörr nahm ein Faksimile zur Hand, das er sich inzwischen besorgt hatte und in einer Mappe mit sich trug, und drehte es um 180 Grad. Er betrachtete das Bild eine Zeit lang und stellte dann fest: „Das sieht aus wie ein Kühlturm eines Atomkraftwerkes." „Sehen Sie!", sagte Christian, „und aus W wird M, M wie Mors, der Tod." „Dazu würde auch das Gerippe passen", meinte Dörr, „aber was hat das dann mit Waldhausen zu tun?" „Wie gesagt, vielleicht wurde das Bild nur falsch interpretiert, man braucht es nur zu drehen und aus W wird M." „Und das zweite Bild?" „Dasselbe Prinzip! Wenn man es dreht, wird aus dem W ein M, M wie Messer oder wie Mors". „Messer wäre logischer, das würde zur Gabel passen", entgegnete Dörr. „Mir erscheint Mors plausibler. Vielleicht hat sie ihren eigenen Tod vorausgesehen? Oder das M bedeutet etwas ganz anderes", gab sich Christian nun geheimnisvoll. „Und was?" „M wie Mord oder Mörder." „Möglich", meinte Dörr zunächst unbeeindruckt, „aber im Grunde genommen sind das genauso Spekulationen, so wie die Interpretationen der Waldhausener. Wenn es aber so wäre, wie Sie vermuten, dann müssten uns diese Bilder direkt auf den Mörder hinweisen." „Oder auf die Mörder, vielleicht sind es mehrere." Dörr war nachdenklich geworden. „Vielleicht sind es sogar sieben", sagte er kryptisch. Er bedankte sich bei Christian für die Auskünfte. „Unser Gespräch war sehr aufschlussreich für mich. Vielleicht ist wirklich alles ganz anders, als es den Anschein hat."

Dieser Christian wusste über die Bilder auffallend gut Bescheid, jedenfalls besser, als er zugab. Dörr fuhr anschließend ins Lentos, wo der Heimatforscher und der Kunsterzieher schon auf ihn warteten. Letzterer wollte wissen, was Dörr von Christian erfahren hatte, doch der Inspektor lenkte das Gespräch sofort wieder den Bildern zu.

„Könnte mit dem Bild zum Zorn auch eine Einzelperson gemeint sein?", fragte er. „Möglich", sagte der Kunsterzieher, „ausschließen kann man es nicht. Aber mir scheint, es geht eher gegen Berufsstände: einmal gegen die Handwerker, dann gegen die Polizei, gegen die Geistlichkeit, gegen die Politik." „Ja", sagte Dörr, „schön langsam erscheint es mir auch so, als gäbe es da ein Muster. Warum sie aber ausgerechnet Waldhausen auserkoren hat, ist mir noch immer ein Rätsel. Nur weil sie hier zum Teil gelebt hat, das ist wohl nicht Grund genug dafür." „Vielleicht doch", sagte der Heimatforscher, „Nestbeschmutzung nennt man das." „Folglich hätte jeder Waldhausener ein Tatmotiv", überlegte Dörr, „auch Sie. So viele Alibis können wir gar nicht überprüfen", lachte er.

Als Nächstes besahen sich die drei das Bild zur Superbia, der Hochmut. Es zeigte ebenfalls den Großbuchstaben W, beziehungsweise M. Der Schattenriss eines menschlichen Gesichts blickte in einen Spiegel, aus dem ihm ein Gerippe entgegensah. „Wieder diese Todesmetaphorik", murmelte Dörr halblaut vor sich hin, „aber das Bild ist fantastisch und faszinierend. Je länger ich diese Bilder betrachte, desto mehr beeindrucken sie mich.“ Er nahm ein Faksimile aus seiner Mappe und drehte und wendete es nach allen Seiten. „Was machen Sie da?“, fragte der Kunsterzieher neugierig. „Wenn man es umdreht, wird aus dem W ein M“, erklärte Dörr, „und damit ergibt sich möglicherweise eine ganz andere Bedeutung: Mors wie Tod.“ Der Kunsterzieher staunte nicht schlecht und zollte dem Herrn Inspektor seine Anerkennung. „Früher haben die Mönche besonderen Wert auf die Initialen ihrer Handschriften gelegt“, mischte sich nun der Heimatforscher ein, dem es offensichtlich gegen den Strich ging, dass lobende Wort zu diesen Bildern gesprochen wurden, „sie haben die Anfangsbuchstaben so reich verziert, dass sie oft jahrzehntelang an diesen Kunstwerken gearbeitet haben. Aber hier sind diese Zeichen völlig schmucklos, wie überhaupt die Bilder eher nüchtern wirken, bis auf die schreiende Farbgebung.“ „Das ist ja gerade die eigenwillige Kunst dieser Malerei!“, wandte der Kunsterzieher ein, „sie lässt die Farben sprechen und gibt damit den Objekten eine spezielle Bedeutung. Für uns stehen die grellen Farben im Widerspruch zu den üblichen Todesmetaphern, wo die Farbgebung meistens düster und dunkel ist. Doch gerade das Ungewöhnliche macht den Reiz aus!“ „Hier ist alles ungewöhnlich“, wandte Dörr einen sich anbahnenden Streit ab und erreichte damit ein paar Minuten des Schweigens.

Dörr blickte von Bild zu Bild: Überall ein Großbuchstabe, überall ein Gegenstand. Beim Neid war es ein großer Nagel, der ein Auge durchdrang, und beim Geiz eine Art Obstpresse, in der menschliche Herzen zermanscht wurden. Vom Aussehen des siebten Bildes hatte niemand eine Ahnung. Angeblich hatte es keiner gesehen. Es musste Acedia darstellen, die Trägheit. Im Atelier der Malerin fand sich ebenfalls kein Hinweis zu diesem Bild. „Vielleicht hat es der Mörder verschwinden lassen“, meinte der Heimatforscher. „Schon möglich“, erwiderte Dörr, „aber das hilft uns im Moment nicht weiter. Wir müssen das Rätsel über die sechs verbliebenen Bilder lösen." „Es handelt sich um einen Bilderzyklus, das heißt, dass die Bilder thematisch zusammenhängen müssen", begann der Heimatforscher zu dozieren, worauf der Kunsterzieher eher sarkastisch meinte: „Nun, das wissen wir ja bereits." „Das Thema heißt: Die sieben Todsünden von Waldhausen", ließ sich der Heimatforscher nicht beirren. „Ja", sagte Dörr, „aber was steckt dahinter? Was will die Malerin mit diesen Bildern ausdrücken? Es könnte auch sein, dass etwas ganz anderes gemeint ist, als wir vermuten." Dörr dachte wieder an die Äußerungen von Christian, wollte sie aber den anderen nach wie vor nicht mitteilen. Da für den Moment alles gesagt schien, bedankte und verabschiedete er sich von den beiden Herren.

Dörr fuhr noch einmal zurück zur Burg Clam. Die Thesen von Christian ließen ihn nun nicht mehr los. Dieser zeigte sich überrascht, als Dörr erneut vor ihm stand. „Sie schon wieder? Verdächtigen Sie mich, Chefinspektor?" Dörr lächelte. „Noch gibt es keine Verdächtigungen. Sind Sie denn überhaupt ein Waldhausener?" „Nein, ich komme aus Niederösterreich", erklärte Christian. Dörr kam nun zum Grund seines nochmaligen Besuches. „Mich beschäftigt das letzte Bild. Sie haben keine Ahnung, wie es aussieht und wo es sein könnte, oder?" „Nein, wirklich nicht." „Und was könnte hinter der seltsamen Formulierung der Malerin stecken, dass man zu faul sein könne, jemanden umzubringen?" „Keine Ahnung, tut mir leid. Ich habe selbst schon lange darüber nachgedacht. Aber fragen Sie doch Dr. Spiegel, er ist Psychologe. Er hat die Malerin gut gekannt. Vielleicht kann er Ihnen weiterhelfen." „Seltsam", überlegte Dörr, „auf dem Superbia-Bild ist ein Spiegel dargestellt mit einem Schattenbild, das im Spiegel als Gerippe erscheint." Christian nickte vielsagend. „Der Psychologe trägt einen sprechenden Namen", sagte er, „er ist als äußerst eitel bekannt, immer modisch gestylt, ein wahrer Narziss." Dörr war jetzt hellhörig geworden. „Narziss war doch der, der sich in sein eigenes Spiegelbild verliebte." Christian nickte neuerlich. „Sagen

Sie", fuhr Dörr leise fort, „kennen Sie auch jemanden, der Nagel heißt?" „Ja, warum?", antwortete Christian, „ein Lehrer heißt so." „Und Tischler?" „Nein, den Namen kenne ich hier nicht. Was ist mit diesen Namen?" „Nichts", sagte Dörr, „ich hatte da so eine Idee." „Sie meinen, dass auch die anderen Bilder mit sprechenden Namen in Verbindung gebracht werden können?", war Christian dennoch sofort im Bilde. „Den Namen Tischler kenne ich nicht in der Gegend", fuhr er fort, „aber den Namen Brettschneider gibt es, wenn Sie damit das Zornbild meinen. Allerdings ist es eine Frau Brettschneider, und bezeichnenderweise heißt sie Ira mit Vornamen." Dörr riss es herum. „Ira?" „Ja, Ira, das lateinische Wort für Zorn."

Dörr hatte es plötzlich sehr eilig. Er wollte sich sofort eine Liste aller Bewohner der Gemeinde Waldhausen besorgen. Er verabschiedete sich von Christian, der Zweifel anmeldete, ob der Inspektor im Gemeindeamt um diese vorgerückte Uhrzeit noch jemanden antreffen würde. Aber Dörr hatte Glück. In der Gemeindestube war eine Sitzung anberaumt, und der Sekretär war gerade damit befasst, sie vorzubereiten. Auf Dörrs Bitte hin druckte er über den Computer eine Liste sämtlicher Bewohner aus. Der Inspektor sah sich die Namen durch und beschloss, seine neue These zur Interpretation des Bildzyklus nun doch auch dem Heimatforscher und dem Kunsterzieher mitzuteilen, da er ohne deren Hilfe angesichts der zahlreichen Namen doch einigermaßen orientierungslos war. Er rief die beiden an und bat sie zu einem Treffen. Die Herren einigten sich auf ein gemütliches Lokal in Perg, das für den Heimatforscher aus Waldhausen und den Kunsterzieher aus Linz jeweils auf halber Strecke lag. Eine Stunde später saßen sie bereits gemeinsam in der Gaststube, brüteten über der Liste und kühlten ihre erhitzten Geister mit Bier. Es war eine mühsame Prozedur, aber es fanden sich tatsächlich Namen von Waldhausenern, die zu den Bildern passten: Spiegel, Türmer, Brettschneider, Geistlicher, Mammon und Nagel. Mit Geistlicher war also nicht der Pfarrer, sondern ein

Name gemeint. „Passt haarscharf", murmelte der Heimatforscher, „man sieht ihm mit seiner Körperfülle schon von weitem an, dass er mit Messer und Gabel umzugehen versteht." „Zum siebten Namen haben wir halt keinen Hinweis", seufzte Dörr. „Doch, er muss mit dem Buchstaben E beginnen", sagte der Kunsterzieher. Überrascht sahen ihn die beiden anderen an. „Dann ergibt sich ein Apronym: STIGMEN." „Und wo ist das B von Brettschneider?", wandte der Heimatforscher ein. „Das B kommt nicht vor, aber das I von Ira", erwiderte der Kunsterzieher. „Stigma heißt Zeichen", überlegte nun der Heimatforscher, „es heißt doch: Hütet euch vor den Gezeichneten!" „Und welcher könnte also der siebte Name sein?", fragte Dörr und las von der Liste die Eintragungen zu E laut vor. Bei dem Namen „Engel" fiel ihm der Heimatforscher ins Wort und meinte: „Das muss er sein, der Todesengel." „Und wer ist Engel?", wollte Dörr wissen. „Ein Beamter, der erst kürzlich überraschend gestorben ist", antwortete der Heimatforscher. „Woran ist er gestorben?" „Er ist in seinem Haus über die Stiege gefallen, war wohl ziemlich betrunken. Er hat sich das Genick gebrochen." „Der Fall wird immer mysteriöser", wunderte sich der Kunsterzieher, „wenn die Bilder wirklich auf einzelne Personen oder Namen hinweisen, dann sind sie nicht gegen Berufsgruppen oder gegen ganz Waldhausen gerichtet. Und auch der verstorbene Pfarrer scheidet damit als Ziel der Bilder aus. Aber zwischen den einzelnen Personen muss irgendeine Verbindung bestehen, denke ich." „Die gibt es auch", trumpfte nun der Heimatforscher auf, „alle sieben sind oder waren Mitglieder eines Schützenvereins." Dörr hob erstaunt den Kopf. „Das könnte jetzt wirklich passen. Die Malerin wurde erschossen." Dies machte nun den Heimatforscher nachdenklich und er begann zögernd zu erzählen: „Da gibt es einen Unfall, der schon einige Jahre zurückliegt. So weit ich mich erinnere, waren daran diese sieben Personen beteiligt." Er hielt inne, fuhr aber fort, als ihn die Blicke Dörrs und des Kunsterziehers fast dazu zwangen, alles zu berichten. „Sie fuhren damals mit einem Kleinbus einen kleinen Jungen an, der am Straßenrand spielte. Angeblich waren alle ziemlich betrunken, sogar der Fahrer. Der Fall wurde damals von den Behörden vertuscht." „Und wer war der Junge?", fragte Dörr. „Er hieß Georg Agilasi", sagte der Heimatforscher, „ein Zwillingskind. Der Vater war Grieche. Der Zwillingsbruder lebt angeblich unter einem anderen Namen, weil die Mutter später wieder geheiratet hat." „Agilasi!", rief der Kunsterzieher aus, „das kann doch kein Zufall sein! Vielleicht ist das sogar die Lösung!" „Was?", fragten Dörr und der Heimatforscher wie aus einem Mund. „Der Name besteht genau aus den lateinischen Anfangsbuchstaben der sieben Todsünden: Avaritia, Gula, Insidia, Luxuria, Acedia, Superbia, Ira."

Ein Detail schien nun nahtlos ins andere zu greifen. Dörr war fasziniert von der Schnelligkeit der Assoziationen seiner beiden Helfer. Scheinbar war das Ambiente eines gemütlichen Lokals eben doch inspirierender als die kahlen Räume der Amtsstube oder die glatten Wände eines Museums. „Vielleicht wollte die Malerin, dass der Tod des Jungen endlich gesühnt wird", setzte Dörr die Überlegungen fort, „und deswegen musste sie sterben, weil nichts davon an die Öffentlichkeit dringen sollte." „Dann haben wir sieben Verdächtige", stellte der Heimatforscher fest, „allerdings sind zwei von ihnen bereits tot." „Sechs Bilder, sechs Hinweise", ergänzte der Kunsterzieher, „das siebte Bild ist vielleicht der Schlüssel. Möglicherweise führt es zum Mörder der Malerin und ist deswegen verschwunden." „Und es ist die Trägheit!", rief Dörr aus, „dann will ich einmal fleißig sein und die sechs Verdächtigen verhören. Aber ich bin mir fast sicher, dass da nicht viel herauskommen wird."

Dörr hatte recht. Zwei von den Herrschaften konnten selbst bei gutem Willen keine Auskunft geben. Mammon, der Mostbauer, lag nach einem Schlaganfall im Koma, und Ira Brettschneider war wegen schwerer Psychosen in der Psychiatrie der Landeshauptstadt interniert. Türmer hatte wie Engel das Zeitliche gesegnet, er war bei einem Gewitter vom Blitz erschlagen worden. Die übrigen drei hatten ein lupenreines Alibi: Vereinsausflug zum Schützenfest in Düsseldorf. Dörr ging im Kreis. Nachdem die Ermittlungen zunächst so gut fortgeschritten waren, schien er nun wieder an einem Totpunkt angelangt zu sein. Er versuchte Anhaltspunkte zu finden, die ihm vielleicht weiterhelfen würden. Das siebte Bild, wo war es? Sollte er versuchen, den Zwillingsbruder des Unfallopfers ausfindig zu machen? War der Tod des Beamten Engel wirklich ein Unfall gewesen? Mitten in die Überlegungen hinein läutete Dörrs Telefon. Es war der Burgherr von Clam, der verkündete, dass er das gesuchte siebte Bild gefunden habe. Dörr brach sofort auf.

„Es war in einem bislang nicht benutzten Raum der Burg versteckt", erklärte der Burgherr, „in Kürze wird dort Gustl einziehen, unser Burggespenst. Deshalb wurde der Raum entrümpelt und gesäubert. Und da fand man es, eingewickelt in einen Teppich." Er führte den Inspektor zu besagtem Raum, wo das Bild unübersehbar an die Wand gelehnt auf einem Tisch stand. Dörr starrte gebannt darauf: Acedia, die Trägheit. Aber wo war der Hinweis auf den Täter? Keiner der dargestellten Gegenstände konnte mit dem Namen Engel in Verbindung gebracht werden. Das Bild zeigte nur ein Gerippe und das obligate M beziehungsweise W. Darunter stand Acedia, wobei die Buchstaben C und E durch ein grelles Rot vom Schwarz der übrigen abstachen. CE – war das der Hinweis? „Und, hilft Ihnen das Bild weiter?", unterbrach der Burgherr die nachdenkliche Stille. „Nicht wirklich", antwortete Dörr. Da ihm das Schweigen unangenehm schien, fügte der Burgherr im Plauderton an: „Wenn der Timens nicht in ein paar Tagen dort einziehen würde, hätten wir das Bild wohl nie gefunden." „Wie heißt der Mann?", fragte Dörr scharf. „Gustl Timens", erwiderte der Burgherr verwundert, „was ist denn daran so merkwürdig?" Dörr kritzelte die Buchstaben auf einen Zettel: Timens, dann das G.

„Langsam werde ich verrückt", sagte Dörr, „das ergibt ja ein Anagramm. G. Timens. Stellt man die Buchstaben in eine andere Reihenfolge, erhält man wieder das Wort Stigmen. Das kann kein Zufall sein." Der Burgherr lauschte interessiert den für ihn krytischen Ausführungen des Inspektors. „Und wie heißt Ihr zweites Burggespenst mit Nachnamen?" „Ederer, Christian Ederer." „Da haben wir es: CE. Her mit den beiden!" Überrascht von dem harschen Tonfall Dörrs, entfernte sich der Burgherr unverzüglich, um die beiden Burgführer zu suchen.

Gustl war nicht da, so kam er nur mit Christian zurück. Dieser betrat mit sichtlichem Unbehagen den Raum. „Es wird Zeit für ein Geständnis, Herr Ederer", begrüßte ihn Dörr. „Ja", sagte Christian überraschend gefasst, „aber meine Mutter habe ich nicht umgebracht." „Ihre Mutter?", fragte Dörr erstaunt. „Ja, die Malerin war meine Mutter. Und der Gustl ist der Zwillingsbruder von Georg Agilasi. Auf diesen Namen sind Sie in Ihren Ermittlungen ja wahrscheinlich mittlerweile auch schon gestoßen. Ich hatte keine Ahnung, dass Gustl genau in diesem Raum einziehen sollte, sonst hätte ich das Bild woanders versteckt." „Warum haben Sie das Bild überhaupt versteckt?" „Wissen Sie", erklärte Christian, „ich war über diese Bilder meiner Mutter nicht glücklich. Die Art, wie sie sich damit ihren Frust von der Seele malen wollte, fand ich sinnlos. Es liegt doch alles schon so lange zurück! Nur das erste Bild, das mit dem Turm, das gefiel mir. Ich bin Temelín-Aktivist, wissen Sie? Habe oft an der tschechischen Grenze demonstriert. Dazu passt dieses Bild, der Turm mit dem Gerippe. Auch wenn etwas ganz anderes damit gemeint ist und meine Mutter eigentlich einen Hinweis auf den Namen Türmer geben wollte." „Und was hatte Ihre Mutter eigentlich mit all diesen Personen zu tun?", fragte Dörr. „Sie war damals auch dabei, genauso wie Türmer, wie Nagel und all die anderen. Sie war die achte Person im Kleinbus gewesen. Und sie war am Steuer gesessen, weil sie als Einzige nichts getrunken hatte. Aber sie war kurz vor dem Unfall ausgestiegen.

Die anderen waren so zudringlich und wild geworden, dass sie stehen geblieben und ausgestiegen war. Engel hatte sich dann hinters Steuer gesetzt und er war es gewesen, der kurz danach den am Straßenrand spielenden Buben übersehen hatte." Christian machte eine kurze Pause und fuhr dann fort. „Die sauberen Herrschaften haben dann natürlich angegeben, dass meine Mutter gefahren sei, weil sie ja alle ordentlich getankt hatten. Sie haben sich alle abgeputzt, alles wurde vertuscht und verheimlicht. Meine Mutter schwieg zwar, aber sie vergaß die Sache niemals. Sie brach jeglichen Kontakt zum Schützenverein ab und irgendwann kam sie dann auf die Idee mit dem Bilderzyklus. Eine alte Clam-Sage hat sie darauf gebracht." „Welche Sage?", fragte der Burgherr neugierig. „Die Sage von Andreas, dem Hauser", antwortete Christian, und erzählte mit geübter Stimme:

„Von allen Besitzern der Burg war dieser Raubritter der ruchloseste. Keine Maid war vor ihm sicher, nicht einmal die frommen Nonnen der Klöster. Als das hübsche Töchterlein des Burgkastellans vor ihm in den Bergfried flüchtete und die Tür verriegelte, schoss der Wüstling mit dem Pfeil einen Mauerhaken samt Seil in das Gebälk und erklomm den Turm. Da rief das zitternde Mädchen in seiner Not die heilige Jungfrau Maria an, die das Mädchen erhörte. Aus heiterem Himmel zuckte ein Blitz herab auf den Hauser, der schreiend in die Tiefe stürzte. Noch immer kann man in mondlosen Nächten beobachten, wie ein Gerippe den Turm erklimmen möchte, freilich vergebens."

Dörr sagte nichts und blickte nachdenklich auf den Turm. „Als dann Türmer vom Blitz erschlagen wurde", erklärte Christian weiter, „fühlte sich meine Mutter in ihrem Tun bestärkt. Sie sah es als Strafe Gottes an." „Ihre Mutter hatte wohl auch ein schlechtes Gewissen", sagte Dörr, „schließlich hat sie vor den Behörden falsche Angaben gemacht." „Ganz so war es nicht", entgegnete Christian, „die anderen haben ihr so lange eingeredet, dass sie es war, die den Buben angefahren hat, bis sie es widerspruchslos hinnahm. Der Unfallort war ja nur wenige Meter von der Stelle entfernt, wo sie ausgestiegen war. Und es haben schließlich alle angegeben, von dem Unfall nichts bemerkt zu haben." „Welche Rolle spielt Gustl bei der Geschichte?", wollte Dörr nun wissen. „Gar keine. Er weiß nicht einmal, dass die Malerin meine Mutter ist." „Es ist also reiner Zufall, dass ihr beide hier zusammenarbeitet?" „Wenn Sie so wollen, Herr Inspektor, aber ich glaube nicht an Zufälle. Es ist eher eine Art Bestimmung." Dörr sah den Burgführer eine Weile an, bevor er das Gespräch fortsetzte. „Kommen wir nun zur Kernfrage. Wer könnte Ihre Mutter auf dem Gewissen haben?" „Engel", sagte Christian entschieden, „es war Engel." „Und warum ausgerechnet Engel?" „Daran bin ich irgendwie mitschuldig. Wie ich Ihnen ja schon erzählt habe, war ich mit den Bildern nicht einverstanden. Ich fand die Vorgangsweise meiner Mutter falsch. Oft habe ich sie gebeten, mit dem Unsinn aufzuhören, aber sie malte ein Bild nach dem anderen. Ich kannte Engel recht gut, und da habe ich ihn darauf angesprochen und ihn gebeten, mit meiner Mutter zu reden. Aber er wollte nicht, machte nur blöde Bemerkungen. Irgendwann reichte es den Herrschaften dann scheinbar doch, und sie entschlossen sich, dem ein Ende zu setzen. Diesmal war Engel sehr wohl bereit, die Aufgabe zu übernehmen." „Die Malerin zu töten?" Christian nickte. „Die anderen besorgten sich ja ein stichfestes Alibi, indem sie zu einem Schützenfest ins Rheinland fuhren. Engel erschoss meine Mutter, als sie am See saß und malte." „Woher wollen Sie das alles so genau wissen?", fragte Dörr zweifelnd. „Von Engel", antwortete Christian, „er hat mir im Rausch alles gestanden." „Und dann haben Sie wohl Engel umgebracht. Aus Rache für den Mord an Ihrer Mutter." „Nein", erwiderte Christian, der trotz dieser Anschuldigung weiterhin vollkommen ruhig blieb, „das war ein Unfall." Der Inspektor sah ihn prüfend an. „Ein wunderbar gefügter Zufall also", meinte Dörr dann spitz. „Ich glaube nicht an Zufälle, das sagte ich bereits. Es war schon Bestimmung." Dörr war nicht so leicht zu überzeugen. „Das siebte Bild ist doch ein eindeutiger Hinweis auf Sie: CE für Christian Ederer." „Sehen Sie doch einmal genauer hin, das Bild ist eindeutig übermalt worden. Ursprünglich war darauf ein Engelsflügel zu sehen. Darunter das obligate W beziehungsweise M." „Und weshalb hat ihre Mutter es übermalt?" „Das habe ich getan", erklärte Christian, „ich habe damit die Trägheit besiegt, die mir meine Mutter vorgeworfen hat, weil ich sie bei ihrem Rachefeldzug nicht unterstützt habe." „Und wieso sollte ich Ihnen das alles glauben? C und E, dazu noch das M für Mörder. Das passt doch alles zusammen, das deutet doch klar auf Sie selbst hin. Ebenso gut könnte es jemand anderer übermalt haben, der auf Sie als Mörder von Engel hinweisen wollte." Wieder blieb Christian trotz der Anschuldigung ohne jegliche Regung. „Nein, CE bedeutet hier etwas ganz anderes. Es bedeutet soviel wie cecidit Engel, das heißt: Engel ist gefallen. Sie kennen doch die Geschichte von den gefallenen Engeln?" „Ja", sagte Dörr unwirsch, „die kenne ich. Aber die Engel wurden von Gott gestürzt und sind nicht selber gefallen. Insofern ist Ihre Interpretation nicht unbedingt schlüssig." „Nun", erwiderte Christian, „wenn Sie das nicht überzeugt, dann nehmen Sie folgenden Satz: **Angelus cecidit ebrius divinitus in aula.** Das heißt: Engel kam betrunken durch göttliche Fügung in seinem Haus um. Die Anfangsbuchstaben ergeben das lateinische Wort **Acedia**. Gott hat meine Mutter gerächt, und ihre Rache wäre somit gar nicht notwendig gewesen, denn der Herr spricht: Mein ist die Rache! Es gibt sie, die göttliche Gerechtigkeit, Herr Inspektor, es gibt sie. **Es fiel der gefällte Baum und fällte im Fallen den Fäller.** Kennen Sie diesen alten Spruch?" „Ich habe jetzt langsam genug von den Anagrammen und Wortspielereien", erklärte Dörr ungehalten. Es war ihm mittlerweile klar geworden, dass Christian nicht zu überführen war, falls er beim Tod Engels doch nachgeholfen hatte. Er war sich keineswegs sicher, ob er den Erklärungen des Burgführers in jedem Detail Glauben schenken konnte. Aber vielleicht gab es wirklich so etwas wie eine göttliche Fügung.

Als Dörr am darauf folgenden Tag die Meldung erreichte, dass Nagel und Spiegel bei einem Autounfall ums Leben gekommen waren, fing auch er allmählich an, daran zu glauben. Vier der sieben waren damit tot. Engel hatte sich das Genick gebrochen, Türmer hatte der Blitz erschlagen und nun waren Nagel und Spiegel Opfer eines Unfalls. Zwei weitere waren in gewisser Weise ebenfalls bereits aus dem Leben geschieden, sie waren unheilbar krank. Blieb als Einziger noch Geistlicher übrig. Die Nachricht über dessen Selbstmord sollte Dörr einige Monate später endgültig an seinen Prinzipien zweifeln lassen.

Ernst Reinhard Schöggl, geb. 1948 in Perg, OÖ.
Matura am Akademischen Gymnasium in Linz
Studium der Altphilologie und Germanistik an der Universität Salzburg, Mag. phil.
Professor, Oberstudienrat
Mitglied des Österreichischen P.E.N.-Clubs, der IG österrreichischer Autorinnen und Autoren, der Plattform österreichischer Kriminalschriftstellerinnen und -schriftsteller, der Autorengruppe deutschsprachiger Kriminalliteratur »Das Syndikat« in der Association International de Escritores Policiacos (IACW/AIEP: Internationale Vereinigung der Kriminalschriftsteller)

Bisher im Verlag *Bibliothek der Provinz* erschienen:
Stammtisch, *Betrachtungen*
Wer ist Franz? Gartenzwerge nach Trinidad, *Satiren*
Das Waldhaus, *Kriminalroman*
Mit Strindberg zur Hölle, *Kriminalroman*
Wolf im Katzenpelz, *Satyresken*
Clamlinde, *Kriminalroman*

Der Autor, selber aus dem Mühlviertel, vermittelt sehr glaubhaft die Beschaulichkeit der Provinzgesellschaft, hinter deren gutbürgerlicher Fassade sich die menschlichen Abgründe verbergen.

Hertwiga Kröss
bibliotheksnachrichten

Schöggls launige Erzählkunst hat mittlerweile viele Freunde gefunden.

Christian Schacherreiter

Verlag Bibliothek der Provinz

L i t e r a t u r , K u n s t u n d M u s i k a l i e n